U0086139

滄海叢刊

無塵的鏡子

張默 著

1981

東大圖書公司印行

現代詩的回顧與前瞻

「長江後浪推前浪」，中國新詩自胡適之出版的「嘗試集」迄今，已歷六十餘載，在行行復行行的過程中，詩人們的確付出了相當大的愛心與毅力；如果截然把它劃分爲兩個階段，那麼第一階段，應自五四運動至卅八年大陸淪陷爲止；第二階段，應自政府播遷來臺以後迄今。是故本文所記述的以及探討的，就是第二階段中國新詩發展的種種切切，下面特以「回顧與前瞻」兩大部份分述之。

●回顧，一條崎嶇的來時路

民國卅八年，大陸軍事逆轉，政府毅然播遷來臺，許多文化人士也跟隨政府來到這鳥語花香的寶島，由於國仇家恨，那個時期每個人的心頭，都充滿無限的憤慨。老詩人紀弦、覃子豪、鍾鼎文等，首先把詩的火種傳遞過來，於民國四十年借自立晚報每周出刊「新詩周刊」，當時活躍的詩人如李莎、亞汀、金軍、鍾雷、楊喚、蓉子……他們不時有懷念鄉土的詩作在該刊發表，「新詩周刊」儼然是中國新詩在臺灣播種期的開山者。

中國新詩的眞正邁步出發，要算紀弦於民國四十一年獨資創辦的「詩誌」，衹出版了一期，即行停刊，它是臺灣最早出現的一本詩雜誌，也許由於刊名不夠響亮，故在四十二年二月，紀弦又獨力創辦「現代詩」雜誌，不久卽引起文學界廣泛的注意，從此「現代詩」這個名稱也就確定了；紀弦借這個詩刊，盡量發表他個人極端強烈的主張。諸如「詩是詩、歌是歌、我們不說詩歌」。「新詩必須是不押韻和無格律的」。「捨棄韻文之『低級音樂性』而孕育散文之『高級音樂性』。「把熱情放到冰箱裏去吧！」……確實給予當時詩壇以極巨大的衝擊。

現代詩雜誌的確培植不少新人，像方思、鄭愁予、曹陽、林泠、李政乃、楊喚、林亨泰、徐礦、白萩、王容、吹黑明、楊允達、羅行、黃荷生……等等，都在早期的「現代詩」，發表了不少優異的作品。

故詩人覃子豪不願讓「現代詩」獨霸天下，於是在四十三年三月，籌組創立「藍星詩社」。該社成員除覃氏外，尚有鍾鼎文、余光中、夏菁、鄧禹平、羅門、蓉子等多人。同年六月十七日，覃子豪借公論報創刊「藍星周刊」，覃氏的作風比較傾向於保守，該刊也培育了不少新秀，但一些實驗性較濃的作品，則甚少刊出。

四十三年十月，以左營爲根據地，筆者和洛夫、瘂弦創辦了「創世紀」詩刊，爲南部詩運展現新的里程，也提供了一個十分開放的園地。

當時國內的詩作者，比較活躍的約有一百餘人，他們的作品，大都是在上述三個詩刊上發表，各詩刊的立場與編輯方針雖不盡相同，但對發掘優秀詩人的目標，幾乎完全是一致的。

從民國卅九年至四十四年，可說是現代詩的「播種期」，此一時期詩的特色，大概可以「政治抒情、憂國憂民」這八個字來概括，在表現技巧上，接近歐美的浪漫主義，偏重情緒之告白。如紀弦的「在飛揚的時代」，墨人的「哀祖國」，上官予的「祖國在呼喚」……等均屬之。

由於播種期新詩人的努力耕耘，以及各詩刊的推波助瀾，到民國四十五年一月「現代派」創立的以後十年間，可謂現代詩的發展時期。紀弦借「現代詩」的號召，於同年一月廿日在臺北組成「現代派」，加盟者共一〇三人，聲勢不可謂不浩大，詩壇高手幾乎全被網羅，現代派並訂定六大信條，強調詩的知性，橫的移植，以及新形式、新工具、新手法之發明……對當時詩壇的撞擊至爲巨大。同時由於各詩刊對西方詩作的譯介，諸如古典主義，象徵主義，意象主義，超現實主義等，對中國現代詩產生相當的影響，也是必然的現象。此一時期的優秀詩人如秀陶、商禽、瘂弦、敻虹、季紅……等人的作品，也或多或少染有上述西方各流派的色彩。譬如季紅和瘂弦，前者不諱言曾受美國意象主義的啓迪；後者亦坦供超現實主義對他的哺育。

發展時期詩的特色是追求「多樣性」，洛夫的重視繁富，葉珊之嚮往朦朧的抒情；季紅之講求確切與夫林亨泰之力主創造新形式，在在均足以支持我的論點是正確的。

在發展時期，發生了幾件轟動文壇大規模的論爭，首推言曦先生於民國四十八年十一月廿——廿五日在中央副刊連載的「新詩閑話」，該文主要論點強調詩應該可讀，可誦，可歌，並指認自由中國的新詩是法國象徵派的末流。這一下把詩人惹火了，於是余光中，白萩、張健、吳宏一等人，紛紛在當時的「文學雜誌」、「文星」、「創世紀」、「藍星」等刊物上發表駁斥的意見。次年（四十九年元月八日）言曦先生又在中央副刊繼續發表「新詩餘談」，提出「藝術大眾化」的主張，爲此「創世紀」十四期（四十九年二月）特出刊「詩論專輯」，邵析文（白萩）發表『從「新詩閑話」到「新詩餘談」』，對言曦的謬誤之處，一一加以批斥，邵文的主要結論是：一、詩歌結合是因人類語言超於文字傳遞功能的產物。二、從韻文時代中解放出來的散文時代是基於印刷術發達的結果，是人類文化更進一步昌盛的先兆。三、詩離歌而獨立，在藝術上說，是詩藝術極珍貴的解脫，在傳遞功能上來看，可由印刷術取代音樂。……

其後，詩壇內部也發生不少次的論爭，如紀弦與覃子豪的「現代主義之爭」，余光中與洛夫的「天狼星」一詩之論爭，以及明朗與晦澀之論爭，但結果也都不了了之。

在發展期中，尚有幾件大事值得一提，其一是民國五十年，由筆者和瘂弦主編的『六十年代詩選』之出版，這是一部相當扎實的詩選集，綜理民國卅九——四九年十年間最優異的詩作於一爐，故詩人覃子豪曾讚譽這本詩選是五四以降最好的詩選集。其二是余光中翻譯的「中國新詩集錦」（New Chinese Poetry），選擇當代廿餘位詩人的佳作，於五十年春天，由臺北美國新聞處出版，這是英譯中國現代詩的第一部，各方反應甚佳。其三是：「笠」詩刊於五十三年六月創刊，主要成員是林亨泰、白萩、錦連、桓夫、趙天儀、陳秀喜等多人，該刊創設三大專欄，即①笠下影——當代詩人地位評價。②詩史資料。③作品合評等，「笠」的出版，造就了不少省籍詩人，以後文壇社出版的「省籍詩人新詩選集」，計收入九十五位詩人的作品三百餘首，就是由「笠」詩社同仁編輯的。

跨過了民國卅九年——四十四年的「詩的播種期」，以及四十五年——五十五年「詩的發展期」，自民國五十六年始，現代詩進入了空前的繁榮期，除了創世紀、藍星、笠、葡萄園等繼續出刊外，另如龍族、主流、暴風雨、水星、大地、詩人季刊、秋水、詩脈、草根、天狼星、風燈、綠地、掌門、山水等詩刊，均於六十年以後相繼創刊，這些詩刊互相激盪，使現代詩產生了相當大的變化，同時年輕詩人輩出，作品的特色不外追求詩的生活性與現實性，各詩人都已擺脫西方詩派的影響，而回歸到中國的本土。換言之，詩人們都在忙於建立屬於自己的風格，自己的聲音。楊牧在「現代的中國詩」（見「創世紀」四十三期，六十五年），他已深深覺察中國詩人應具有「中國」的質地和精神，緊緊擁抱三千年來偉大傳統的詩質，創造中國詩的新時代。……

在繁榮時期，外來的批評是很尖銳的，諸如關傑明、唐文標、許南村，他們幾乎是一致宣稱中國現代詩的死亡；臺大外文系教授顏元叔，先是同情現代詩，撰寫了好幾位詩人的專論，他於民國六十六年六七月間，突然調轉筆桿，先後在「人間」副刊發表宏文，對現代詩人展開強烈的譏諷，他的主要論點，是詩人太重視小我，寫的詩都是鷄毛蒜皮，沒有民族的語言，他揚言要剝掉現代詩怪異的外衣。——憑心而論，顏文除了某些情緒語，並非一無是處。洛夫曾在人間撰文予以駁斥，這一樁所謂「內湖現代詩」（顏元叔語），也就成了無頭公案而束之高閣了。

繁榮期的另一特色，是批評人才輩出，諸如張漢良、蕭蕭、李瑞騰、陳啓佑、羅青、李弦、掌杉、岩上、蔡源煌、黃維樑、王灝、楊子潤、周寧、陳義芝……等，他們各以其自己的批評方法，爲現代詩詮釋、分類、比較、作證，而不久前由故鄉出版社印行的五大册「現代詩導讀」，就是由兩位青年批評家合作編輯的。該書似可視爲中國現代詩在臺灣發展成長的總獻禮。

●前瞻，不斷的探討與尋求

在本文前節中，筆者對現代詩的發展與成長，加以概略性的敍述，當然，現代詩有得有失，那完全要靠所有詩作者，評論者，甚至廣大的讀者，共同不斷的努力，用愛心去化解它的「失」，擴大它的「得」。

我們放眼未來，現代詩今後該走什麼樣的路，筆者試擬幾則如下，俾供互勉。

・繼續不斷向偉大古老的中國傳統挖掘礦源。

・詩的深度與廣度應同時齊頭並進。

・打破形式主義與過份散文化的傾向。

・培育敍事史詩和詩劇的創作風氣。

・加強普及詩的教育。

總之，現代詩是一條長江大河，它的包容性是相當壯闊的，卅年的歲月，在漫長的詩路上又算得了幾何？如今有些詩人，仍在力爭上游，繼續前進；有些詩人，則半途而廢，棄詩從商去了。誰有恒心，誰有毅力，誰能燦然攀登詩的埃非爾斯峯，也許窮畢生之力，也不一定能夠如願的吧！

是的，「我們並非急於旦夕創作偉大的作品，而是把所要創作的創作得更好。」廿年前詩人方思的話，似乎猶在耳畔，願所有詩的作者、評論者、愛好者，共同不斷地探討與尋求下去吧！

——中華民國六十九年八月廿二日於內湖

淺談現代詩的欣賞

詩是高度語言的藝術。

詩是「想像力的遊戲」。（培根）

詩是無限的象徵，純粹的超越。

詩是絕對的自我，在詩人創作時的靈光一閃，所展現的作品風貌，既有玲瓏晶瑩的意象，也有力拔山兮的氣概；既有戲劇性的不協和音，也有暗示性的譏諷興味；既有超現實的歧義質素，也有純粹經驗的宣洩……。

●

在如此錯綜複雜詩人想像的世界裡，要給現代詩理出一條脈絡，要給現代詩的欣賞定出一些可資遵循的法則，似乎不是一件容易的事。

考察現代詩不被一般大眾接受的因素，依據筆者多年來從事創作的心得，大別言之，不外下述四點，即：

1.現代詩無固定的形式，無韻脚，更是不唱的。

2.詩人的語言、觀念（感情經驗）、技巧，都有其獨特的表現方式，不易爲一般讀者所洞察。

3.進入工業社會，由於傳播事業（如電視）的快速成長，讀書風氣似乎愈來愈差了，需要讓人高度思考的詩藝術，被一般人漠視自是必然的現象。

4.詩的基礎教育工作顯然做得不夠，我們的國中課本，雖然也選有少數人的詩，但那祇能說是聊備一格而已。

基於上述，儘管現代詩作者與讀者、批評者之間，存在有很多一時難以填平的問題，但是現代詩在臺灣蓬蓬勃勃生長了將近卅年，詩刊如雨後春筍，青年詩作者前仆後繼，而報紙副刊、文藝雜誌辯論詩的問題也最令人矚目，大專校院舉辦現代詩朗誦，經常是座無虛席，這些在在證明現代詩早已成了氣候，絕不是某一二大學教授所形容的現代詩人已到了「日暮掩柴扉」的困境。

現代詩不需要一般人的憐憫與同情，它自有其「吾道不孤」的熱愛者，但是我們需要借重詩人、批評家的筆，撰寫一些有關詩的欣賞、詮釋與批評的文字，俾使優秀的詩人及其佳作傳達給更多的愛好者，這應該是放之四海皆準的至理吧！

詩的欣賞可說因人而異，同是一首詩，各人的詮釋也不一樣，下面我特別選出七首詩作，來逐一加以剖析，這些詩有的以語言取勝，有的以意象取勝，有的以典故取勝，有的以氣勢取勝，有的以節奏取勝……但它們經常爲文學批評家所廣泛引用，在藝術的評價上是無可懷疑的。

請先看看楊喚的「日記」：

昨天，曇。關起靈魂的窄門，
夜宴席勒的強盜，尼采的超人。
今天，晴。擦亮照相機的眼睛，
拍攝梵．谷訶的向日葵，羅丹的春。

這首「日記」，是楊喚代表作「詩的噴泉」十首之一，收入在他的詩集「風景」之中，被批評家譽爲是他的最最顯露才華之作。從字面上看，雖然祇有短短四行，可是它所噴射的意象卻不是四十六個字所能界定的。無疑的，「日記」寫的是作者的心境，他一口氣用了四個典故，安排得極爲巧妙。作者用「昨天，曇」與「今天，晴」來對比，昨夜我在猛啃大作家席勒和尼采的著作，今天我來把玩大畫家梵・谷訶和羅丹的作品。在語言方面，他用「夜宴」，用「擦亮……眼睛」，頗具畫龍點睛之效。其次，四句尾字「門、人、睛、春」，頗似古典詩的押韻，由於作者匠心獨運，也絲毫沒有格律的束縛之感。

其次，請你撫摩一下林亨泰的「風景」：

防風林　的
外邊　還有
防風林　的
外邊　還有
防風林　的
外邊　還有
然而海　以及波的羅列
然而海　以及波的羅列

這首詩頗爲批評家所稱道，旅居法國的江萌，曾對這首詩作過數萬言的極詳盡的分析，而反對現代詩的人士，也引用這首詩作爲攻擊的例證，但是不論是捧，或者是漫罵，都不能掩蓋它眞正的光輝。

作者寫這首「風景」，並不在敍說寶島的風景是如何如何的美，而是在呈示他心中的風景是無限的，是無可敍說的，他的風景是生長在讀者的心中，讀者的想像中。前段的「防風林」重複三次，旨在點明層疊的感覺，換句話說，那防風林是一層一層地。「外邊，還有」則顯示無限延伸的意思。後段的「海，波的羅列」重複二次，也就是說海外有海，波外有波，海波之後可能是另有天地，以象徵風景之無限。綜合的說，這首詩祇有兩樣東西，那就是「防風林」與「海波」，由於作者對節奏的把握，對分段的處理，對疊句的運用得宜，而造成相當動人的感受，這不能不歸屬於文字的妙趣。

其三，請你捕捉一下紀弦的「狼之獨步」：

我乃曠野裡獨來獨往的一匹狼。
不是先知，沒有半個字的嘆息。
而恆以數聲悽厲已極之長嗥
搖撼彼空無一物之天地，
使天地戰慄如同發了瘧疾；
並刮起涼風颯颯的，颯颯颯颯的：

這就是一種過癮。

老詩人紀弦，在中國現代詩壇上，一向是獨來獨往的人物，他的詩中經常出現「檳榔樹」的意象，以象徵詩人之修長，但是以「狼」自況，這首詩允為代表，試問在中國詩壇上，他的出現猶如狼之獨步於曠野，那該是多麼目中無人，多麼矜持，多麼令人過癮的事。

這首詩祇有七行，一氣呵成，調子輕快而又沈重，形容狼在曠野上獨步時的不凡之姿，而這匹狼就是作者自己，他一邊獨步，一邊長嗥，且使天地戰慄，如同發了瘧疾，末尾連續使用六個擬聲「颯」字，更增加此詩的音響效果。

現代詩人為自我塑像，可說屢見不鮮，譬如辛鬱的「豹」，洛夫的「一個詩人的墓誌銘」，余光中的「自塑」，商禽的「長頸鹿」，羊令野的「蝶之美學」，周夢蝶的「孤峯頂上」，……雖然他們借用的暗喻不同，然其對自我的肯定則是一致的。

其四，請你咀嚼一下洛夫的「子夜讀信」：

子夜的燈
是一條未穿衣裳的
小河

你的信像一尾魚游來
讀水的溫暖
讀你額上動人的鱗片
讀江河如讀一面鏡
讀鏡中你的笑
如讀泡沫

洛夫一向以善於創造語言，塑造繁富的意象見稱，這首「子夜讀信」是最佳的例證之一。但是筆者必須在此補充一句，這首詩的意象並不繁富，而貴在晶瑩如一顆小小的鑽石。

作者於深夜展讀友人的來書，想必不是泛泛之交，至於來信的人是否屬於異性也無關緊要，重要的是我們讀了這首詩後，有無眞切的感受。我以爲作者的第一段就把讀者給深深地吸引住了：「子夜的燈，是一條未穿衣裳的小河」，請問這個夜晚是多麼的富有詩意，而這個詩意的境界，是作者用了短短十四個字給創造出來的。作者的書齋我到過，他用的枱燈也與一般枱燈無異，哪裡是什麼未穿衣裳的小河？因此我們如用現實眼光來看詩人的詩，可能一文不值。作者開始以「燈」爲引子，緊接着在第二段中才點出，如「你的信像一尾魚游來」，這個形容眞是太鮮活了。以下是描述讀信的感受：「讀水的溫暖，讀你額上動人的鱗片……」，值得注意的是作者以「鱗片」來象徵來信人額上的皺紋，這個形容詞也不是容易覓得的。以下的句子我就不加解說了，相信讀者以心眼一定能洞窺作者的本意。

現代詩壇經常流行一句批評的術語：「大凡一個優秀的現代詩人，無不是征服語言的魔術師」。如何創新語言，如何征服語言，讀了「子夜讀信」之後，相信你會有更深一層的穎悟。

其五，請你檢視一下商禽的「長頸鹿」：

那個年輕的獄卒發覺囚犯們每次體格檢查時身長的逐月增加都是在脖子之后，他報告典獄長說：

「長官，窗子太高了！」而他得到的回答却是：「不，他們瞻望歲月。」

仁慈的青年獄卒，不識歲月的容顏，不知歲月的籍貫，不明歲月的行蹤；乃夜夜往動物園中，到長頸鹿欄下，去梭巡，去守候。

在最近剛剛出版的「中國當代十大詩人選集」中，我們給商禽的評語是：「他善於運用語言的歧義性和意象的廻旋性，使那些被他所挖掘、吟詠的物象，往往達到抒情境界的極致，在暴晒現實最陰暗最悽楚的一面，他的詩可能是最透明的詮釋。」

商禽寫了不少膾炙人口的散文詩，今天不少年輕的詩作者仍在接受他的滋養，這首「長頸鹿」是典型的散文詩例作，他借「長頸鹿」來形容囚犯們焦急地瞻望歲月，結果自己都變成長頸鹿了，那情景多感人啊。加以詩中用了幽默、譏諷的對話，譬如第一節：「他報告典獄長說：窗子太高了。」而他得到的回答卻是：「不，他們瞻望歲月。」請問犯人哪有這種心情呢？毋寧是每天伸長頸子，仰視高高的圍墻，想早一點離開監獄，到自由天地裡去呼吸新鮮的空氣。

第二節，作者用了超現實的技巧，形容青年獄卒不能體察囚犯們的心情，而緊緊地堅守崗位把他們看得死死的，一如長頸鹿被關在動物園的鐵欄杆之內是一樣的。再擴大言之，作者何嘗不也是以「長頸鹿」自況，人生長在這個有形的世界中，處處作繭自縛，怎樣才能把有形的軀體完全釋放呢？

其六，請你觀察一下白萩的「流浪者」：

望着遠方的雲的一株絲杉
望着雲的一株絲杉
一株絲杉
絲杉
在

地平線上一株絲杉在地平線上

他的影子，細小。他的影子，細小
他已忘却了他的名字。忘却了他的名字。祇
站着。　　　　祇站着。孤獨
地站着。站着。站着
站着

孤單的一株絲杉

向東方

這首詩被季紅譽爲是五四以來最好的一首現代詩，主要的是他把一個流浪人孤獨的心境寫活了。相反的，詩人岩上，則指出這首詩由於作者的刻意排列，繪畫的意義大過於詩的意義，有喧賓奪主之感，是一首十分失敗的作品。評詩論詩本來是見仁見智的事，何謂成功，何謂失敗，我想透過必要的釋說，讓讀者去界定，似乎比一二批評家的主觀之見要有意義得多。

我個人認爲這是一首相當感人的詩篇，何以見得？作者把本詩標題爲「流浪者」，是描寫一個流浪人心中孤單的感覺，殆無疑問。可是作者在創作它時，確是費了一番心血，由於作者對現代繪畫頗有基礎，他乃把繪畫中的某些技巧溶入詩中，姑且如作者所說的「以圖示詩」這種名稱，說得明確一點，卽作者刻意強調「詩的繪畫性」。

這個「流浪者」，是詩人特意塑造出來的，第一段已明確指出：「望着遠方的雲的一株絲杉」，詩人是以「絲杉」來比喻自己，他之所以在第一段中將「絲杉」重複四次，開始時這株絲杉比較模糊一點，經過久久的觀望之後頗有慢慢移近的態勢，實際上絲杉並未動彈，它還是站在原來的那個位置，祇是由於作者細心的觀察，心中充滿絲杉緩緩移近的感覺（由模糊而清晰）。接着在第二段中，作者用了一點繪畫技巧，將「在地平線上」十個字兩邊橫排，而把「一株絲杉」四字矗立在中間，這樣更可以讓讀者看了或讀了之後，頻生孤寂與落寞之感。最末一段，作者捕捉這株「絲杉」的影子（實際上是他自己的影子），他重複地說：「他的影子，細小……他已忘卻了他的名字」，宇宙是如此空曠，一個人與一株絲杉有什麼區別呢？最後他連續使用了「站着，站着，向東方，孤單的一株絲杉」，更增加此詩的淒楚意味（悲劇感）。實質上此詩至此已成功地完成了表現的鵠的。這個「流浪者」的影像已慢慢溶入讀者的視覺中、聽覺中、甚至整個的心靈中。

最後，讓我們來談談瘂弦的「如歌的行板」：

溫柔之必要
肯定之必要
一點點酒和木樨花之必要
正正經經看一名女子走過之必要
君非海明威此一起碼之認識之必要
歐戰，雨，加農砲，天氣與紅十會之必要
散步之必要
溜狗之必要

薄荷茶之必要
每晚七點鐘自證券交易所彼端
草一般飄起來的謠言之必要。旋轉玻璃門
之必要。盤尼西林之必要。暗殺之必要。晚報之必要
穿法蘭絨長褲之必要。馬票之必要
姑母遺產繼承之必要
陽臺，海，微笑之必要
懶洋洋之必要

而既被目爲一條河總得繼續流下去的
世界老這樣總這樣——
觀音在遠遠的山上
罌粟在罌粟的田裡

「如歌的行板」，本是音樂藝術中的一個專用名詞，詩人把它拿來作爲一首詩的題目，自有其特殊的用意。這首詩寫於民國五十三年，當初發表時筆者也不能完全瞭解其中有的含意，記得

一次在「復興文藝營」的座談會上，瘂弦曾坦供創作此詩的心境，他說：「民國五十三年，我卅二歲，在事業、愛情、寫作諸方面均沒有什麼特別的進展，難免對自己感到有些微微的失望，於是寫了這首『如歌的行板』，藉以嘲弄和發洩一下。」

周寧在釋「如歌的行板」一詩時說，本詩是展示作者對人生的看法，確是一針見血之論。全詩分三段共廿行，寫的全是作者所熟悉的事物，我想逐句解釋是不必要的。但有兩點應該提出來加以探討：其一、全詩充滿嘲弄意味，特別以前二段爲最甚，最末四句，遍佈高度的幽默感，意指人生下來就要活下去，不管世界變得怎樣，我們還是不要急急改變現狀，一切順應自然好了。其二、全詩充滿特別舒愉的節奏感，作者幾乎每一句以「之必要」爲註脚，由於把握得宜，使人讀起來十分舒暢，本詩尤適宜於演出，喜歡朗誦的朋友，不妨試一試你的「聲音的行板」，可能有意想不到的效果。

對於現代詩的欣賞，並沒有一定的法則，以上以詩人的作品爲例證，進行簡單的解說，可能有助於一般讀者的漸次接受，那麼如何才能眞正敞開詩的欣賞的門徑呢？我的建議是——讓作者、讀者、批評者三位一體，共同努力去完成吧。

——中華民國六十六年八月十一日

附記：本文所引諸詩，除「日記」、「風景」兩首外，餘均選自「中國當代十大詩人選集」。

現代詩的語言

——反省與檢討

・詩語言發展之反省

中國現代詩發展迄今，雖然已近六十年的歷史，可是我們在回顧與反省的過程中，確已看見前人披荊斬棘血跡斑斑的苦況，其中的實情眞是一言難盡，相信一些獨具慧眼的文學史家，自會給予它應得的評價和席位。

假定我們認爲自民國八年五四新文學運動起至卅八年大陸淪陷止，爲中國新詩的第一階段，則自國民政府播遷來臺迄今，應爲中國新詩的第二階段。在發展成長的過程中，新詩所面臨的問題很多，其中尤以語言問題最爲顯著與突出。因此本文的重點將就詩的語言之得失加以客觀的評鑑與忠實的檢討。

事實上，第一階段是中國新詩的萌芽發軔期，白話文運動是掙脫舊有傳統文言文的束縛，詩在形式上的確是一樁劃時代的突破，胡適之先生在「文學改良芻議」中所提倡的「八不主義」，如不摹倣古人，不用套語爛調，不用典，不避俗語俗字……等，確爲當時的新詩人帶來一項新的嘗試。但舊有的語言已在讀者的心靈深處根深蒂固，新詩突然以另一種未經時間考驗的白話面目出現，加之用語過份淺白平易，且不脫舊詩詞的痕跡，故初期的新詩祇能說是開創了新風氣，而說不上創作的成果。

早期新詩歷經嘗試、小詩、新月、象徵和現代派諸時期，但如就語言的創新而言，包括新月以前的各種實驗，似乎並不成功，直到李金髮、戴望舒等人之提倡象徵詩與現代派，新詩才算邁入另一新境。在語言上講求濃縮與凝鍊，詩思甚爲綿密，且注意色彩與聲音的交感等等。但是我們今天來讀那些早期的詩，總覺得語言十分平白，過份的平鋪直敘，茲列舉數則如下：

秋風把樹葉吹落在地上，
它只能悉悉索索，
發幾陣悲涼的聲響。

——劉半農「落葉」之一段

我等着你。

我望着戶外的昏黃，
如同望着將來，
我的心震盲了我的聽。
你怎還不來？希望
在每一秒鐘上允許開花。

——徐志摩「我等着妳」之一段

長髮披徧我兩眼之前，
遂隔斷了一切羞惡之疾視，
與鮮血之急流，枯骨之沉睡。

——李金髮「棄婦」之一段

撐着油紙傘，獨自
彷徨在悠長，悠長
又寂寥的雨巷，
我希望飄過
一個丁香一樣地

結着愁怨的姑娘。……

——戴望舒「雨巷」之一段

從上述幾個詩例來看，雖然每首詩都是節錄其中的一小節，很明顯的不論在節奏方面，內含的豐富方面，以及語言之創新方面，李、戴二氏的詩實較其他兩位優異得多。

當我們以現時的眼光，來比較論斷第一階段詩的語言得失，似乎是不太公平的。因爲每一時代有每一時代的語言，新詩在當時何嘗不是「活的語言」；但是歷經了數十年的時間的錘鍊，其中的糟糠當然會受到天然的淘汰。

對早期的新詩，我們祇能作此抽樣性的省察，以便讀者認知，從而加以對照與比較。

・詩語言優異之品質

本文的目的側重在對復與時期我國現代詩語言的檢討。事實上，現代詩在臺灣近卅年的發展，可說是相當的快速。而一些詩人或詩評家，對詩的語言認識，幾乎是一致的，下面特臚列五家之言，俾供參考：

「詩的語言，應力求注意的是：新鮮、精確、簡鍊、生動、優美。這幾個原則看起來很簡單，實際上頗難達到。因爲，語言有其時間性，某一時代有某一時代的語言，過了時的語言，就成爲與生活缺少關聯的死的語言。

詩追求活的語言。」

——（覃子豪）❶

「現代詩在轉義（ropes）上是不規則的，遠離語言的邏輯規範，更遠離實用性的範疇。詩的語言不是一團泥塊，靠水份擠合，而是金鋼鑽，堅實的，多面性的，從四方八面反射出內在心光。」

——（李英豪）❷

「語言的力量產生在語言找到新的關聯時才迸發出來，一句非常簡單的語言，只要找到新的適當的關聯使用，便能衝擊人類的精神到一生難忘的境地。操作語言尋找新關聯的能力，便是詩人能力的指數。」

——（白萩）❸

「語字感即是語字的機能，機能豐富的語字必然可在眾多平凡的語字中矗立起來。我們必須學習選用機能強的語字，而語言機能的強弱則決定於該語字是否是直覺的或概念的。」

——（洛夫）❹

「現代詩企圖以最精少的語言來表現詩的深奧，廣大和無限。……詩的語言並不囿限在某些已被認知的字彙上。」

——（蕭蕭）⑤

所謂「活的語言」、「遠離語言的邏輯規範」、「操作語言尋找新關聯的能力」、「選用機能強的語字」，以及「用最少的字來表現詩之深奧廣大和無限」。上述諸家之見解，確已掌握現代詩語言的某些特質。但問題是我們對詩的語言表示一己之卓見似乎並不困難，但一個創作者想要在詩作中作某種程度的創新突破與超越，實在是一大難題。

大凡一個優秀的詩人，無不都是語言的魔術師。現代詩人在語言的實驗和創造方面，的確付出了相當大的苦心。詩的語言的形態是多方面的，儘管我們窮畢生之力，可能也很難臻至最高境界。問題是，詩的語言是無處不在的，當你一旦想眞正揭開它的面具時，它可能會逃得無影無蹤，令人難以捕捉。

然而，詩的甘美的語言，眞的永遠那樣令人無所適從嗎？我的答案是否定的。我們從當代一些傑出詩人的作品中，不難發現屬於語言方面的特別優異的品質。

詩的語言的形態，因詩人各自不同的創造而展現其多彩多姿的風貌。

下面我們特以詩例來作抽樣性的印證。

❶有些詩人的語言，特別洋溢抒情的奧祕，以相當流暢的節奏，帶給讀者無限的驚喜。例如鄭愁予的「天窗」

星子們都美麗，分佔了循環着的七個夜，
而那南方藍色的小星呢？
源自春泉的水已在四壁閑蕩着
那叮叮有聲的陶瓶還未垂下來。

●以相當樸實的語言，直接切入事物的核心，使被呈現的對象，影像非常清楚，無所遁形。例如白萩的「樹」：

我們站着站着如一支入土的
椿釘，固執而不動搖

●語氣十分平靜，神情悠然，充滿對世界的探詢，以及創造一種十分清清淺淺的舒愉。例如紀弦的「窗」：

青空如國立療養院的草地，遼闊而寧靜。
散步的雲
以醫師的姿態出現；

以護士小姐的姿態出現；
以肺病患者的姿態出現；而且
以銀髮的老園丁的姿態出現。

●意象晶瑩可愛，語言明澈如鏡，它一往情深地鑑照了詩人自我，同時也鑑照了讀者。例如洛夫的「雪地鞦韆」（訪韓詩鈔之五）

……………
啊；雪的膚香
鞦韆架上妹妹的膚香
如再盪高一點，勢將心痛
勢將看到院子裏漸行漸速的
薊草般的鄉愁
……

●充滿意趣，充滿赤子的情懷，語言如潺潺的溪流。例如楊牧（葉珊）的「水之湄」：

四個下午的水聲比做四個下午的足音吧
倘若它們都是些急躁的少女
無止的爭執着
——那麼，誰也不能來，我只要個午寐
哪！誰也不能來

●確切，單一，具有十分堅實的肌理，例如碧果的「花」：

僅差一步
就是
界
外
脫去衣裳可以走了

●略帶戲劇性的誇張，對現實展開溫柔的批判，人生彷彿是從感覺出發。例如瘂弦的「酒巴的午後」。

我們就在這裏殺死
殺死整個下午的蒼白
雙脚踩躪瓷磚上的波斯花園
我的朋友，他把栗子殼
唾在一個無名公主的臉上

●把握語言的精髓，努力集中表現某一特別尖銳的景象，使人如夢初醒，例如方莘的「月升」：

黃昏的天空，龐大莫名的笑靨啊
在奔跑着紅髮雀斑頑童的屋頂上
被踢起來的月亮
是一隻剛吃光的鳳梨罐頭
鏗然作響

●懷抱偉大的同情心與悲劇感，以十分沉痛的語調，哀悼那七萬顆傲岸不屈的亡魂，詩人是這個世紀活生生的見證者。例如羅門的「麥堅利堡」：

死神將聖品擠滿在嘶喊的大理石上
給昇滿的星條旗看　給不朽看　給雲看
麥堅利堡是浪花已塑成碑林的陸上太平洋
一幅悲天泣地的大浮雕　掛入死亡最黑的背景
七萬個故事焚毀於白色不安的顫慄
史密斯　威廉斯　當落日燒紅滿野芒果林於昏暮
神都將急急離去　星也落盡
你們是那裏也不去了
太平洋陰森的海底是沒有門的

●古典的語言，古典的意象，古典的喃喃的悸動。例如羊令野的「蝶之美學」：

從莊子的枕上飛出，
從香扇邊緣逃亡。
偶然想起我乃蛹之子；
跨過生與死的門檻，我孕美麗的日子。

●充滿分析性的，充滿超現實感的，充滿令人玄想的散文形態的語意，活着誠然是人類最大的挑戰。例如商禽的「滅火機」：

憤怒昇起來的日午，我凝視着牆上的滅火機。一個小女孩走過來對我說：「看哪！你的眼睛裏有兩個滅火機。」爲了這無邪的告白；捧着他的雙頰，笑，我不禁哭了。我看見有兩個我分別在他的眼中流淚；他沒有再告訴我，在我那些淚珠的鑑照中，有多少個他自己。

●反邏輯性的語言，反傳統的表現手法，一切似乎是背道而馳，它也展佈了另一種不是秩序的秩序。例如管管的「荷花」：

「那裏曾經是一湖一湖的泥土」
「你是指這一地一地的荷花」
「現在又是一間一間沼澤了」
「你是指這一池一池的樓房」
「是一池一池的樓房嗎」
「不，却是一屋一屋的荷花了」

●充滿對泥土的熱愛，在語言上不斷的躍進，而其創作態度又是如此之眞誠。例如辛鬱的「土壤的歌」：

不要標我以黃金或鑽石的
那種被陳腐的紙幣的氣息
僵化而又虛假的等值
我願在人們的繁殖與營築中
像天空一般地放鬆自己

●出於意表的眞摯，閃現絕對自我的存在，語言祇是一個挺拔的符號，那是多麼的矛盾。例如沉冬的「絃柱」：

沒有陽光的下午
室內紋廻之我，黑暗
揉成序曲的雨季
採下青空疊合您眼中
我從您眼中走過

●以敏銳的觀察力，透視宇宙間最微小的生命，懷有深厚的憫恤與同情，在語言的結構上，常不自覺地散發一股淺淺的理趣。例如羅青的「螞蟻」：

螞蟻爬上賴子
你發現螞蟻發現了一幢茅屋
一幢有門有窗有煙囪的
簡陋的小茅屋

——選自「人性實驗」

●捕捉一剎那的景象，以全心靈去擁抱一樁小小的事件，在語言的表現上是既輕巧又穩實。例如渡也的「雨中的電話亭」：

突然
以思想擊響閃電的
鮮血淋漓的玫瑰啊
凋萎

●現實是殘酷的，詩人不能靠吃蓮花過活，以異常眞摯的口吻，述說曾經在大都市流浪的苦況，親切感人。例如沙穗的「失業」：

我把饑餓摟得很緊
在西門町總得有樣東西摟着
才不像南部來的
卽使摟自己影子……

●對人世間的悲苦有異常深入的揭發，語言背後的意義不知勝過表面若干倍，例如蘇紹連的「地上霜」：

……那是哭着要回去的月光。你依着血欄，看星的
林森呑蕭條，石的樓房呑空洞，刀的歌聲呑遙遠。
誰不回去？
我不回去，我是你的過去
你向前看，月在極前，你已是黃了的灰燼。

以上列舉詩例，可以充份顯現當代詩人在創造語言方面所付出的代價。這些優異的品質將永爲眞正喜愛詩的讀者所攝取。但詩人究竟不是眞正的魔術師，他們在語言的創造上怎能有如此龐大的魅力呢？根據筆者的分析，約有以下數端：

其一，絕大部份的新詩人，當其一開始從事創作時，無不全神貫注，傾聽以及撫摸語言的聲音和形象，務期直探它的堂奧。詩的語言本具有濃縮、舒放、錘直、拉長等等功能，詩人在創作時，莫不選用最精確的字眼，不偏不倚，以期一舉擊中表現的核心。

其二，對於一些游移的，未確定的，軟弱的，不切實際的，曖昧的語言的殘骸，應該加以揚棄。詩人開始尋找語言時，可能涉獵的範圍相當廣泛，但當開始寫一首詩的第一個字，他一定要小心謹愼，不要被四處高聲喧嘩的旁門左道的語言之妖魔給吵糊塗了。他必須清醒，他必須鎭靜，他必須精挑細選，就如在沙裏淘金，絲毫馬虎不得。

其三，時時刻刻不忘爲創造新的顫慄的語言而努力，時時刻刻不忘爲尙未出現的美服役，時時刻刻不忘一邊扔棄，一邊雕塑……

或許我們現在檢視上述的詩句，尙屬具有優異的品質，但再過十年，卅年，五十年，……它們能不能通過時間殘酷無情的考驗，實在無法定論。

質言之，詩的語言優異的品質，祇有通過時間永恒不斷的考驗才能蓋棺，否則它祇不過是一片隨波逐流的浮萍而已。

・詩語言缺失之檢討

現代詩的語言，有其輝煌的一面，也有其輭弱的一面。一個優秀的詩人固然他能在某些詩中創造全新的語言，但也可能隨時掉進失敗的泥沼，關鍵在於他開始從事創作時，面對四面八方吶喊的語言，暗送秋波的語言……是否採取十分審愼的態度。白荻有一段話說得極好：「對我們所賴以思考和表達的語言，給予警覺的凝視和解剖」。他的用意極爲明顯，我們不能祇看語言表層的意義，而必須透視語言內在的結構和功能。然後運用起來才會得心應手。

根據筆者多年來從事寫作與讀詩的體驗所得，中國現代詩目前在語言方面的缺失，至少包括以下幾項：即「散文化」、「概念化」、「舖陳化」和「粗俗化」。

詩的語言之傾向散文化，由來已久。究其原因不外：一是初習寫作的人，總以爲新詩最好寫，信筆塗鴉，對詩的語言的奧妙一無所知，焉有不落入散文化的窠臼之理。二是已有多年創作經驗的詩人，對語言的怠忽，不願費力再向前跨進一步。下面仍列舉詩例爲證。譬如紀弦的「聖・馬太奧」之一節：

我已深深地愛上了你。

聖・馬太奧，別難過！
你的空氣清新，你的陽光明艷，
你的天空蔚藍，你的四季常春，
這不都是令我喜悅的嗎？

這首詩比起他的名作「一片槐樹葉」，「狼之獨步」眞有天壤之別。主要的是語言充滿散文的敍述意味，充滿情緒化的告白，缺乏張力與想像，即使把它們綴連起來，恐怕也不是一段及格的散文。

再如得過第二屆中國現代詩獎的青年詩人吳晟，他前期的作品，如「吾鄉印象」一輯，以鄉土性的語言，表現時代變化中的愁緒，相當眞摯感人。可是近年來由於過份口語化，幾乎已使他的作品淪爲散文的分行。「不要說」[6]一首是最好的例子：

阿公曾向阿爸一再叮嚀
不聽話的孩子
不討人歡喜
即使你的道理千真萬確
也不要表示

以免遭受排擠……

排除詩語言之中的散文化，誠是每一位詩人必須面對的課題，一個力爭上游的詩作者，他必須時時刻刻提高警覺，時時刻刻鍛鍊自己的語言，力求濃縮與精省，否則這個弊害是很難消除的。

詩的語言偏向概念化，也頗不乏人。「概念化」和「散文化」截然不同。後者的語言雖然散漫，但可能偶而會浮現一些意象。概念化的詩根本無意象可言，也就是詩人未盡職責，未能選用精當的語言，把他所欲塑造的意象呈現出來。茲摘錄蔣勳的「上山」❼爲例，讀者自可一目了然什麼是「概念化」。

走到高一點，
臺北那樣小，
有唱着歌的歌星，
有代理美國、日本商業的經理，
有寫着詩的詩人，
有議會裏的議員，
有學院的教授，

有畫家……。

這首詩除了人名、地名……物品名稱的連綴之外，簡直是一無所有。

詩的語言過份講求舖陳化，也是時下的弊害之一。我們經常發現有些詩作，如果在語言方面能夠稍加約制，不難成爲佳作。但往往由於作者的野心太大，明明用廿行可以表現完成，結果他寫了四十行，如此一來，不僅結構鬆弛，連帶的諸如意象、張力、節奏等等也大受影響。譬如羅門的「觀海」。[8]

既然來處也是去處
　去處也是來處
那麼去與不去
你都在不停的走
從水平線裏走出去
從水平線外走回來
你美麗的側身
　已分不出是閃現的晨曦
　　還是斜過去的夕陽

……
讓所有的門窗都開向你
天空都自由向你
大海都遼濶向你
河都流向你
鳥都飛向你
花都芬芳向你
果都甜美向你
風景都看向你

果眞如作者所描繪的「海」，如此浩瀚，如此空洞，如此美麗，那現代詩的語言不成了「姿勢藝術」了嗎？這首詩如果作者當初能去掉那一大堆不着邊際的「形容詞」（或如于還素所說的「巧言」），由現在的一〇八行，使其濃縮成三四十行，也許尚可一讀，但不幸的是，由於作者刻意舖張，使讀者所看見的只是一堆美麗語言的殘骸，令人嘆息。

詩的語言刻意製造粗俗化，當爲一個現代詩人所禁忌。近幾年來詩壇盛行寫鄉土與社會性的詩，筆者認爲這是一個相當可喜的現象，因爲詩的題材並無限制，任何事物都可以入詩，問題是你有沒有能力把那些素材變成眞正的詩。否則如果祇是一堆文字的屍體，即使再鄉土，再寫實，也是枉然。這類詩例很多，玆列舉葉香的「華西街」[9]之一小節，俾供讀者參閱。

……

請別堵在門口傻子般呆看，諸位
要就進來不要就滾你的蛋
我紅紅的唇做出迷人的笑
內心胡亂咒罵已成習慣
你無法想像
大羣嗡集的頭顱看來有多惱
多像我老家的二分瓜地
那堆堆疊放的西瓜
賣出的價錢够不上運輸費

……

用平易淺明的語言入詩是可以的，但如不經過藝術手法來處理，看到什麼就寫什麼，想到什麼就寫什麼，一任語言胡亂的泛濫，如此的粗俗化，我想對純正的現代詩的語言，將構成一種相當強烈的傷害。願所有有自覺性的詩人，面對這個問題應該共同一致予以最深切的關注。

總之，現代詩在語言方面所顯現的缺失，除前面筆者所指出的「散文化」、「概念化」、「舖陳化」與「粗俗化」之外，可能還有一些未為筆者所發現的。但我堅決相信，一個眞誠的現代詩的創作者，如果他能勇敢地揚棄上述四種弊害，他的作品一定能達到相當程度的完美。

現代詩的語言能否日新月異，能否萬古常青，不是一二批評家的事。它必須藉助全體詩作者共同的灌溉與努力。

在現代詩的長江大河中，我們期盼詩語言有更高一層的創建，它未來的面貌應該是「純中國式」的，「純東方風」的，乃至是「全世界性」的。

讓我們一起燦然步入屬於這個時代的，一望無垠的，詩的語言的長堤。

——中華民國六十七年十二月於內湖

附註

❶：引自「覃子豪全集」第二三七頁。

❷：引自李英豪「批評的視覺」，文星書店，五十五年版。

❸：引自白萩「現代詩散論」，三民書局，六十一年版。

❹：引自「洛夫詩論選集」，開源公司，六十六年版。

❺：引自蕭蕭「鏡中鏡」，幼獅公司，六十六年版。

❻：吳晟的詩「不要說」，刊於「雄獅」月刊第八十七期，全詩共廿四行。

❼：蔣勳的詩「上山」，刊於「現代文學」復刊號第二期，全詩共五十三行。

❽：羅門的詩「觀海」，刊於「秋水」詩刊第十九期，全詩共一〇八行。

❾：葉香的詩「華西街」，刊於「雄獅」月刊第八十九期，全詩共一百廿四行。

單一與豐繁

——談現代詩的意象

●楔　子

我們經常與文友們在一起聊天，偶而會聽到這樣的話題：「某某人的某首詩不錯，或某首詩不好。」究其原因不外是一個詩作者對詩的意象捕捉得太多，難以取捨，因而造成看似繁複龐大，實則是相當的空洞與虛無；另外的一個原因可能是，有些時候，當一個作者的詩思枯竭，他硬是一箇勁地拎着頭皮往裏面鑽，期冀從十分賣力的擠逼中弄出一首詩來，結果徒然造成語言乾澀，平舖直敍，毫無意象可言。這兩種現象常常不自覺地困擾着作者，前者是太過，後者是不及，這都是一個詩作者所必須禁忌的。

考察現代詩的得失，從意象上去着手是其必經之途徑之一，我們判斷一首詩的優劣，誠然是非意象莫屬。

那麼，究竟什麼是「詩的意象」呢？

「意象」是一首詩的基本構成，從心理學上講，「意象」一詞，係指「心靈的再造」，一種「內在經驗的形態」。就詩而言，意象起於詩人在日常生活中所感納的「印象」，譬如一個詩人，當他第一次看見海，由於波濤洶湧給予他以無限的撞擊，他會把所見的海的初次印象寫成一首詩，餘類推。……由於日常萬事萬物所閃現的那些錯綜複雜的景象，常常盤踞於詩人的內心孕育成一種「觀念」，這種觀念，通過詩人心靈的觀照，藉語言的多種形態表現出來，它滿載着詩人內在的經驗、感受和思想。……

大抵一個優秀的詩人，無不致力於語言的創新及意象的營建，下面所臚列的幾點，可能對一個詩作者在創造意象時有不小的裨益。

△我們必須努力向嶄新的非習慣性的詩的意象世界邁開大步。

△新鮮而有動感的意象之誕生，必須擴展一個詩作者的知識領域——譬如色彩、聲音、味覺、觸覺等等之調和與攝取。

△廿世紀以前決定詩質的是耳朵，廿世紀以後即漸漸由眼睛取代。（伊凡・戈爾語）

△意象有時是突現的，如江河之澎湃；有時是徐緩的，如蛇之蠕動。

△掌握語言，也就等於掌握意象。

●意象的姿式之一——單一

現代詩意象的姿式，大概不外兩種，即「單一」與「豐繁」。一個詩人既可創造單一意象的詩，也可同時創造意象豐繁的詩，這兩者絕不衝突，這就好比一個人，他既喜歡吃甜的，也同時喜歡吃辣的是一樣的道理。

下面我們先從「單一的意象」方面着手，爲便於把這個問題說得清晰易懂，筆者勢將不可避免地引用一些詩人的佳句以爲佐證。

所謂「單一」，僅是豐繁的相對語，並非意象單一的詩，它所展現的僅是一個意象。它在形態上可能是短詩，它在語言上可能是直指或暗示；它在結構上可能比較緊密，它在給予讀者心靈的感受上，可能是點而不是線或面。……

基於以上幾點認識，筆者在列舉詩例時，絕大部份是選取某些短詩中之一小節，然後附加必要的簡說。

趁夜色，我傳下悲戚的「將軍令」
自琴絃……

藤猶在身　便桅也似地
瘦見了年輪　終成熟於小枝
妹子　吮吮善擷的手指吧

——鄭愁予「殘堡」

今夜誰來爲你點燈
誰來與你共守
誰的方舟泊向你的足下

——鄭愁予「一〇四病室」

正午的鐘聲
如一季透黃的
花市

——羊令野「沙」

何其臭的襪子，
何其臭的脚，
這是流浪人的襪子，

——沉冬「祭」

流浪人的脚。

——紀弦「脫襪吟」

這是全世界最美的一片，
最珍奇，最可寶貴的一片，
而又是最使人傷心，最使人流淚的一片：
薄薄的，乾的，淺灰黃色的槐樹葉。

——紀弦「一片槐樹葉」

沒有聲音
一條僵直了的喉嚨

——向明「煙囱」

除了一張大花臉
她的青春
歲月在捲煙中呼吸
這裏的樹
都結滿熟透的頭顱

——辛牧「婦人」

風一吹就掉下來

——沙穗「越南」

一開始就註定要成爲標本。
成爲一種姿勢，永遠的，拒絕疲倦。沒有權利哭，
笑，甚至摸一下玩具車的，春天

——渡也「嬰之一」

爲着一叢叢
水芹菜一樣的哭
要彎繞好多的路啊

——敻虹「淚」

如果我們敲破了一個西瓜
那純是爲了，嫉妒
敲破西瓜就等於敲碎一個圓圓的夜
就等於敲落了所有的，星，星
敲爛了一個完整的，宇宙

——羅青「吃西瓜的六種方法」

我用手推車載了一羣時間的舞者，趕着，趕着，
走入一個蒼白的燈籠裏

——蘇紹連「走馬燈」

前面引述的十一位詩人的十三個短句，筆者直覺地認爲，這些詩句在意象的呈現上都是比較單一的，它們使人讀後，馬上就可感知作者的意圖爲何。……

我們檢視每家對意象的處理，立即發現各有其自己的手法。譬如鄭愁予的「殘堡」和「一〇四病室」，前者特別借重詩的音樂性，後者是以諧趣和放射一股無可奈何的驚喜取勝。當我們再三吟詠「妹子，吮吮善擷的手指吧」，對於一位與病魔艱苦搏鬥的詩人，我們還能說些什麼呢？作者假借一個女子來沖淡病室淒慘的景象，也顯示這個女子對病人照顧的無微不至。

「沙」是宇宙間最微小的，也是最沒有生命的礦物，羊令野借「沙」來比喩這個「有情世界」的冷暖，「今晚誰來爲你點燈，誰來與你共守」，他的調子充滿無限的探詢以及蒼涼。

「祭」是對死者的一種心意與追念，透過沉多的筆觸與乎適切的剪接，它給予讀者的感覺是恍如正午的鐘聲，穿越透黃的花市。作者捕捉意象的手法，相當簡潔、明快。

紀弦早期的短詩，頗能臻至某一全新的境界，「脫襪吟」和「一片槐樹葉」可爲代表。這兩首詩所顯陳的是詩人「小我」與「大我」的鄉愁。前者運用日常的物品和事件，作必要之組合，使意象自自然然的浮現；後者借一片薄薄的槐樹葉，顯陳詩人對故國一片無限的深情。

「煙囪」是現代都市文明的表徵之一。向明直指它是「沒有聲音，一條僵直了的喉嚨」，實則這是一種反諷，它好像啞巴一樣，默默地爲這個世界製造生命的炊煙。煙囪永在，人類才會生生不息。

「除了一張大花臉……歲月在捲煙中呼吸」，這是辛牧爲「婦人」一詩所塑的雕像。詩中的「大花臉」可圈可點，「歲月在捲煙中呼吸」，比喻人生一天天地耗下去，青春能經得起時光的消磨嗎？這種不可言狀的恐懼感，對一個步入中年的婦人而言，是會與日俱增的。

「越南」雖已陷身虎口，而它在沙穗的筆下，仍然是十分鮮活的素材，他形容戰爭的殘酷，好比樹上「結滿熟透的頭顱，風一吹就掉下來」，這種觸目驚心的景象，眞是令人欲哭無淚。

「嬰之一」，透過渡也很突出的速寫，把這個活生生的小生命，移位爲一種拒絕疲倦的標本，如果他不繼續生長的話，他很可能就是博物院中的標本。一個嬰兒的誕生象徵生命的開始。換言之，這個小生命打從他出生的那一天開始，他不也是同時在一步一步地邁向死亡的終點嗎？

……

如果說「淚」是愛的標誌，那麼夐虹爲它下的注脚是相當動人的。她把「淚」比喻爲「水芹菜一樣的哭」，不是更有意義嗎？白萩就曾有過「把愛炒進菜裏」的名句。「要彎繞好多的路啊」，簡直是畫龍點睛，使這個「淚」的意象不斷不斷地向讀者的心靈深處熠熠地逼進。

羅青也許很喜歡美國詩人史蒂文生（Wallace Stevens）的詩吧！（譬如「十三種看山鳥的方法」），「現代文學」曾有譯介，然而他的「吃西瓜的六種方法」也是富有相當的「理趣」，他先把西瓜喻爲圓圓的夜，而後又把它喻爲一個完整的宇宙。但夜也不是永遠的圓，宇宙也不一定永遠如此之完整，西瓜終歸逃脫不了被切的命運，作者借吃西瓜的方法，來暗喻人世間你爭我奪的滄桑。

蘇紹連的詩是充滿相當「知性」的，「走馬燈」預示時間脚步的快速，它像一羣舞者，走着，走着，最後還是走進一個蒼白的燈籠裏。生命像不像一盞蒼白的燈籠，這個淒冷的意象，實在使人不寒而慄。

對於上述諸家的詩，我們加以扼要的簡說，使讀者對「單一的意象」，可能有更確切的認知。質言之，作者如果能把單一的意象處理得相當妥貼，不僅可以增加一首詩耐讀的程度，同時也豐富了現代詩的品質。一個初習新詩的讀者，先讓他讀某些意象比較單一的詩，可促使他循序漸進，終必能由「單一」而邁入「豐繁」，這是可以預期的。

●意象的姿式之二——豐繁

創造意象豐繁的作品，在中國現代詩人中可說比比皆是，問題是看一個作者有沒有能力把那些眾多繁富的意象的影子，同時井然有序地組合在他的作品中。凡是意象豐繁的作品，它在形態上可能是較長的篇章，它在語言上可能放射較大的歧義性或鋪陳性；它在結構上可能層次分明，首尾呼應，它在給予讀者心靈的感受上，可能是線與面而不是一個小小的逗點。

「氣質決定風格，語言誕生意象」，一個對詩創作具有龐大使命感的詩人，在他從事詩的小品創作之餘，他必定設法超越過往的自我，嘗試去創作較大較長的詩篇，企圖把宇宙間萬事萬物的眞貌深深溶入內裏，然後藉語言的形態再作適度的揮灑。

下面我們仍以現代詩人的作品，作爲剖析與探討豐繁的意象之見證。——

例一、請參閱洛夫的「石室之死亡」

例二、請參閱余光中的「敲打樂」

例三、請參閱辛鬱的「同溫層」

例四、請參閱瘂弦的「深淵」

例五、請參閱大荒的「流浪的鑼聲」

上述五家的詩，在意象面的擴展上，都是比較豐繁的，每家各有其特色，雖語言的用法不一，豐繁的程度不一，放射的情趣不一，但它們都是佳作殆無疑義。

首先，我們檢視洛夫的「石室之死亡」。該詩共六十四節，凡六百四十行，是作者從事創作以來組詩中最大最完整的一篇。其用語之大膽與意象之豐繁，早被當代批評家所一致公認。該詩最初於民國四十八年寫於金門地下的石窟中，詩人是以「戰爭、生命、愛情」爲表現的鵠的，企圖把這三者揉和在一起，事實上這三者頗具相當尖銳的衝突性，作者如何以他語言的力量，一一展現戰爭的殘酷與無奈，生命的可貴與卑微，愛情的飢渴與淒美……由於作者的語言是「炸射式」的，故「石」詩幾乎每一行都閃現着一個動人的意象。

面色如秋扇，摺進去整個夏日的風景（八）
棺材以虎虎的步子踢翻了滿街燈火
這眞是一種奇怪的威風（十一）
而雪的聲音如此暴躁，猶之鱷魚的膚色（十二）
當十字架第三次拒絕而扭斷了臂，遂把光交給黑色（廿一）
每個射口都曾吐納日、月、河、山
成噸的鋼鐵使我們的骨肉咆哮（卅八）
我們拭汗，十指伸出如風（四十四）
所有的玫瑰在一夜萎落，如同你們的名字
在戰爭中成爲一堆號碼，如同你們的疲倦（四十九）
你是珠蚌，兩殼夾大海的滔滔而來

哦，啼聲，我爲吞食有音響的東西活着（五十三）
你們怔怔的眸子裏伸出一雙手
互相緊拉着，陽光與影子般的糾纏（五十五）

其次，我們談談余光中的「敲打樂」，全詩共八節，凡一百五十一行。作者寫此詩時，係以一個中國現代知識份子的腔調，置身美洲大陸，面向祖國，儘情吐露他那一份至尊至嚴的莫名的鄉愁。

六十年代的中期，在美國詩壇上，金斯堡、費靈格蒂的詩正大行其道，作者恭逢其盛，可能無形中也略受其影響。在「敲打樂」中，節奏是相當快速的，語言是相當明麗的，作者不時利用反諷、探詢等等手法，把他的意象世界一波一波地展開。詩中每一段幾乎都吶喊着中國。

中國啊中國，何時我們才停止爭吵（第一段）
中國中國你是條辮子，剪不斷也剃不掉
中國啊中國你逼我發狂（第二段）
中國中國你令我傷心（第四段）
中國中國你哽在我喉間，難以下嚥（第七段）
中國中國你是一場慚愧的病，纒綿卅八年

中國中國你令我昏迷（第八段）

作者如此不斷地呼喊着中國，無非希望他自己的國家，早一點強盛起來，躋身於世界強國之林，詩人以其一連串不同的詢問，爲他熱愛的國家焦急、憂愁，甚至略帶一絲輕微的責難，又有什麼不可以的呢？

「敲打樂」所鋪陳的十分繁富的意象的世界，或者眞如敲打樂器一樣，不斷不斷地激盪着以及撫慰着我們受傷的心靈。

其三、我們不妨踩踩辛鬱的「同溫層」，該詩係作者建立自己創作聲譽的力作，概分五個章節，即寫給自己、母親、故土、愛情與死亡。全詩約二百餘行。所謂「同溫層」本是天文學上的名詞，作者描繪上述五者，希望他們並列在同一個層面（位置）上。換言之，這五者對詩人而言是同等的重要。

辛鬱的語言平實而妥貼，行進的步伍更是不急不徐，而其所經營的意象也常常是深藏在字語的背後，非仔細吟誦兩三遍是難以覺察的。

是一切形象在流　流向你
我在尋求碇泊與停歇
一陣歡樂之風自額上騰逸

我突聞一聲轟雷巨響
我知那是我心中城堡的崩潰

親情當然超越一切，作者對母親的懷念躍然紙上，但他懂得節制，不使激情過於泛濫。「同溫層」所展現的意象之美，可能是眞正的詩藝之成熟與完成。

其四、我們應該更冷靜地觀察與撫摸瘂弦的「深淵」。此詩約於民國四十八年六月間推出，立即獲得詩友們廣泛的讚譽，主要的原因，在「深淵」之前，大家還未警覺到我們應該立即嘗試製作更大更繁富的詩篇。及至「深淵」一投入詩壇，大家才如夢初醒，原來不知不覺地瘂弦已經拋出這塊磚頭了。筆者在「試論瘂弦的深淵」（見拙著「飛騰的象徵」一六八頁）一文裏曾經指出此詩的特點不外：①「聯想之鎖」在「深淵」中已被提升至最有利的地位，作者隨時可以開啓而不需外力或某種程度的假借與指涉。②「內在語言的形」已因高度的創新而使「深淵」達至一種全面的眞實，一種不需詮釋的特異，一種顯露文明之美的敏感，以及一種連續的內心爆發之變奏。③「新的情感經驗的塑造」——如果一個詩人在詩中所抒發的「情感經驗」早已爲別人所表現，那與抄襲有何區別？蓋平庸的詩人祇能重覆抒寫別人已有的經驗，而優秀的詩人則勢必努力創造出別人從來也未曾有過的經驗。

沒有人把我們拔出地球以外去。閉上雙眼去看生活

耶穌，你可聽見他腦中林棻茁長的喃喃之聲
有人在甜菜田下面敲打，有人在桃金孃下……
當一些顏面像蜥蜴般變色，激流怎能爲
倒影造像？當他們的眼珠黏在
歷史最黑的那幾頁上

誠然，這是多麼沉重的呼聲，詩人的確是這個時代的代言者。至於他的語言之富有「歧義性」，意象之富有「多面性」，節奏之富有「交響性」，當然是不在話下。最後，我們試着觸及一下大荒的「流浪的鑼聲」。全詩共七節，凡五十餘行。充份顯陳作者的精神世界，既是熱熾的，又是孤絕的；既是單純的，又是繁複的。

在最動人的創作長程上，大荒一直固守自己創作的灘頭陣地，他的思考，他的語言，他的意象，他的節奏，都緊緊地爲他獨自所擁有。當然最重要的是他對生命的體認，對死亡的省悟，對戰爭的詮釋以及對人性清晰的審視。「流浪的鑼聲」可能是作者這些經驗綜合下的產物。

猛然一擊，負痛從鑼面拋出
發現自己是一失去居所的蝸牛
赤身而臥，哭泣着

不知如何挽住那聲苦楚
死亡猶未到達而已俯身衝下
就這時候，我的觸手摸到
偉大原來不盈一握

是的，「死亡猶未到達而已俯身衝下」，還有比這樣犀利的筆觸更能直接穿刺吾人的心靈深處嗎？

豐繁的意象所呈現的好處可能不祇是詩的本體，而相對於意象單一的小詩，可能大章大節的作品更能滿足某些讀者飢渴的心靈。就上列五家的詩所呈現的意象的世界，也是互異其趣，各有其自己創造的特色。依據筆者的考察可得一個小小的結論。即洛夫的意象是炸射式的，余光中的意象是探詢式的，辛鬱的意象是既溫且冷的，瘂弦的意象是戲劇性的，大荒的意象是扭曲過的。

他們如何創造如此豐美的意象，的確憑藉語言的媒介，他們對語言的觀念有多深，掌握語言的程度有多高，攫取語言的能力有多大，自會促使眾多的意象——從四面八方湧來的意象，一一閃現在他們所創造的作品中，那是一點也虛假不得的。

然而究竟如何去捕捉意象呢？從上述的詩例來看，大概不外以下幾個方法：即——

①觀察與體驗

②追蹤與貼近

③轉位與對比

④契刻與熔鑄

如何觀察，如何轉位，如何追蹤，如何熔鑄……這是每一位詩人自己的事，絕不能假借他人之手。詩人必須不斷的學習，從學習的過程中培養自己創造一切的能力。

●尾語

總之，本文把現代詩意象的姿式，概分爲「單一」與「豐繁」，實際上也是一種非常大膽的假設，目的無他，旨在便於探討當前某些優異的作品而已。以作品來印證我的觀點，這其間究竟有多少的差異，我相信某些細心的讀者加以對照之後，自會一目了然。

意象是一首詩的生命，古今中外具有才華的詩人，無不努力創造他們的意象世界，以期永垂不朽。一個現代詩人，面對古文學輝煌的遺產，他如何去創造，如何去擷取，如何去超越，如何促使所有的語言爲他所用，放眼詩人面前的是一片無垠的意象的大草原，任何人都可以儘情地馳騁，但是誰能抵達那最後的終點，這就要看你的道行了。

附記：本文所引詩例分別取自「七十年代詩選」、「八十年代詩選」、「中國當代十大詩人選集」、洛夫詩集「石室之死亡」、「鄭愁予詩選集」、大荒詩集「存愁」等書。

——中華民國六十七年十一月三十日

徐緩與急速

——談現代詩的節奏

顯現「節奏之美」，是現代詩的特色之一。

凡是從事詩創作多年的人，除了重視詩的語言、意象等等的鎔鑄外，對於最能表現詩的音樂美的節奏，無不刻意經之營之，力求在一首詩中，它能負起調和、均勻、舒放、連接等等之任務。

節奏之誕生，是由於個別單字與單字之間的連接組合所必然發生的結果。不同的語字與語字的組合，即使同時在一首詩的前後段，也會顯陳各各不同的節奏的美感。問題是要看一個詩作者，他對語言的觀念與鑑別揀拾的能力究竟臻至何種程度，他對文字本身的張力究竟感受到多少，他究竟如何着手從如此繁多的字彙中揀取一些特殊的個體，然後很牢固地放置在他的詩作裏。……以上這些話說起來似乎簡單之至，但是要求一個詩作者以全付的心靈去面對這些問題時，可能就不是那樣的單純了。

依據既有的經驗，往往當我們開始創作時，文字像成羣結隊的蝗蟲，從四面八方呼嘯而至，你如何從那些活跳亂蹦的形象裡，捕捉一些少量而又精緻的語言呢？

「惟有活的語言，才能產生活的節奏」。祇有懂得語言實際效用的作者，他所創造的節奏形式才是鮮活的，生動的，與眾不同的。

現代詩雖無格律之限制，但中國文字本身所顯現之特殊音響效果，一個詩作者是不應該加以漠視的。換言之，現代詩講求的節奏美，它與格律詩是迥然不同的。格律詩不論是五言七律，因其每一行均有一定的字數，它的音樂性的功效往往是拘限在同一的格律中。而現代詩則不然，因每首詩行的長短不一，段落不等，當然所產生的節奏感也是各不相同的。

信然，現代詩無格律字數之限制，可說在表現上是絕對的自由。然而這「絕對的自由」對某些胸有成竹的詩人而言，也許有莫大的裨益，但是對一個初習寫詩的人可能是一大障礙。因爲文字本身好比一匹匹脫韁的野馬，你如何才能一一馴服它們呢？因此在我們日常所見的詩作中，有的節奏分明，抑揚頓挫，均展示了某些詩人特殊創造的才具，相反地有的作品則平白混沌，淡如白開水，無絲毫節奏可言。

在現代詩節奏的程式上，大致不外「徐緩的」與「急速的」兩種，下面試列舉詩例以證之。

·節奏的形態之一——徐緩的

每位詩人對語言的觀念不一，對節奏的掌握不一，尤其是一個詩人的性格，對創造節奏的形態而言，更具有十分直接的影響。大約言之，一些性格內向的詩人，他的詩作在節奏上往往是比較徐緩的……。

一首詩作節奏之傾向徐緩，得完全看視這首詩的主題、內容而定。換言之，作者在醞釀創作某首詩之先，大體可以預知其節奏之緩速。

節奏是追蹤詩人創造的字語以俱來。它是詩的血，詩的肉，是與詩絕對分不開的。詩人在創作時的心境與節奏之緩速也有十分密切的關係……。

徐緩——是詩的節奏形態之一，如果作者處理恰當，更可增加一首詩耐讀的程度。

苦雨
一點
一點
落在
我

仰臥着的草原

——王潤華「仰望：雨」

作者之所以在這一節詩中如此一個字一個字單獨的排列，無非借視覺效果，來達到節奏徐緩之目的。試問「苦雨一點一點落在我仰臥着的草原」，本來是一句話，假如作者不刻意作上述的排列，我們如何感出草原的空曠與孤寂。這段詩利用三種東西組成，即「苦雨、人、草原」，當苦雨一點一點落在我仰臥着的草原上，那種情景更加點出人的渺小與草原的龐大淒涼。尤其是當我們一個字一個字輕輕唸它的時候。

一匹
豹　在曠野之極
蹲着

……
曠野
消　失

——辛鬱「豹」

製造節奏的方法很多，可說因人而異。辛鬱這首詩共十八行，整個的調子是在緩慢的進行，開頭即點明這匹豹是在曠野的極處蹲着，豹雖然是不言不語，而其威嚴不減，雄姿英發，中間穿插詩人對豹的許多詮釋，最後詩人用了「曠野　消失」這四個字，特別排成兩行，而且「消」與「失」之間故意空了一格，旨在說明曠野是在豹的眼裏慢慢地消——失。有一種無法宣說的延長的意味。

有風更好
微微的
香的
沙灘的軟軟的
髮的
兩個人的

海

——岩上「海岸極限」

顯然，岩上凝鑄詩的節奏的方法與前面二人不同，本來「海」是十分浩瀚的，洶湧的，作者把「海」視爲知友，使它本來壯闊的面貌在無形中縮小，使它與作者合而爲一。所以他攝取了一些很平常的事物，加以巧妙的組合，頓覺趣味橫生。所謂「有風更好，微微的香，軟軟的沙灘，髮與兩個人的海」，當我們靜靜地默唸着這些詩句的時候，特別是「兩個人的海」的那一句，一個聰明的讀者，可能會拍案叫絕，原來詩人心中的海是這樣毫不費力地可以擁爲己有。

我們還要
飛，不一定成雙
休息，不一定掉光羽毛

——辛牧「飛」

「飛」是動詞，在一般人的觀念裡，它應該是形容飛禽走獸動作的快速。可是辛牧眼中的「飛」，祇是一個觀念。你把它看作飛禽走獸，或者你把它比喻人的意志，似乎無可無不可。由於作者如此之組合，「我們還要飛」，彷彿是不得不如此的，「飛」在詩人的內心感受上是被逼迫的動作，「不一定成雙，休息，不一定掉光羽毛」，祇是對「飛」加諸的一些詮釋而已。成雙怎樣，掉光羽毛怎樣，如果我們的意志一定要飛，那麼還是要繼續不斷地緩緩地飛下去。……

衆鳥啁啾，黑人一句話都不說
氣溫正在下降
我望着遠方，雖只是早上九點，我彷彿已經
看見了　落日　黃昏

——商禽「匹茨堡」

作客異國，在一個詩人的心情上是並不好受的，這四句詩正輕巧地點出詩人商禽那個時候作客匹茨堡的心聲。除了「衆鳥啁啾」有一點點動作外，其他幾句都是靜態的，在無限綿延或是一刹那的靜謐中，達至詩人高度表現的鵠的。

其實，展示徐緩節奏的詩例，實在不勝枚舉，上列五家僅是一個抽樣。但如我們詳加檢視，一定可以發現他們彼此風貌的不同。一個作者如能十分完滿地創造他的節奏之美，不僅可使一般讀者樂於接受現代詩，同時也無形中推廣了現代詩。

對於當前一些充滿節奏感的好詩，我們應該十分賣力地加以有系統的介紹。

·節奏的形態之二——急速的

前面我已說過，決定節奏的徐緩或急速，是要看視一首詩的內容主題而定。甚至有時同在一首詩中，前段的節奏是十分徐緩的，而後段則是相當急速的。一個詩作者如何使這兩者協調，是需要借助多方面的才具。

節奏急速的詩與節奏徐緩的詩，並不易使讀者分辨出好壞，詩的良莠不在節奏的急速或徐緩。

但是，創造節奏急速的詩，一個作者必須有相當豐沛的生命力與乎磅礴的氣勢，這方面最可信賴的還是請看看下面所羅列的一些優異的詩例：

一管端在新手中的雷
向我瞄準
射！射他舌上蜜心上甜
射！射他手之惰目之盲

——大荒「今日雷聲」

催花的鼓聲

緊緊的敲打着兩岸的風景

——羊令野「十二行」

一指頂天地
十萬里的山河遂在
　　他的指尖上旋轉

——吳望堯「一指功」

靶場那邊
劃空而過的呼嘯聲
在爭相走告
靶場的外面
還有靶場
還有靶場
還有靶場
樓就緊張起來！一個影子
縱身跳下去了

——向明「靶場那邊」

據說走來哭屍的，還是
那個影子

——商略「墜樓記」

上列五例，顯然在節奏上都是比較急速的。我們檢視詩人創造節奏的手法，可以獲得一個小小的結論：即「各顯神通，互異其趣」八個大字。

詩人大荒以「今日雷聲」來影射他心中的愛戀，連續兩個「射」字，下面各加了一個感歎號，使這個「射」字的動作更加形象化。作者明明寫的是自己，結果硬說是「射他舌上蜜心上甜」，這個「他」字的假借也達到了畫龍點睛的效用，十分突出。

羊令野的「催花」比彭邦楨的「花叫」，可能更加生動。「催花」繼之以「鼓聲」，就更動感了。接着他又跟上一句：「緊緊的敲打着兩岸的風景」，這「兩岸的風景」究竟是誰？也許作者是另有所指。從這兩行詩可以看出詩人的心境，仍然是十分年輕的，他還在愛情的路上不斷的探索與追蹤，但願那個標緻的「催花」的女子早日來臨。

「東方組曲」是吳望堯曾經所嘗試寫作的一組新的題材。「一指功」是其中的一首。作者的詩頗有奇氣。他能在一瞬之間蛻化許多的意象，使其節奏迅速有力。「一指頂天地，十萬里的山河，遂在他的指尖上旋轉」，詩人是如此的豪情萬丈，對於像這樣磅礴有力的詩句，我們還能解說些什麼呢？

近幾年來，向明不斷向生活深處挖掘，致使他的詩十分生活化，有識之士均爲之擊節不已。「靶場那邊」一詩可能祇是一個小小的標記。就節奏言，這首詩的寫法，也許不能算是獨創，但他在「劃空而過的呼嘯聲」之後，繼續寫了「在爭相走告」這樣平白的句子，突然使靶場生動起來了。用平白的語句而能使一首詩的意象緊密，節奏美好，並非易事。後面他連續用了「還有靶場」，無非使靶場的層面擴大，靶場與子彈的呼嘯聲是不斷地演出，那麼生命的意義到底在那裏？從這首詩也許可以演變出上述的探詢？

「墜樓」，誰也沒有這種經驗，商略輕巧地捕捉到某些景象，且十分認眞地展現在這首詩中，誠然是可圈可點。「樓就緊張起來！」其實應該是人緊張，他把「人」易爲「樓」，當然更具懸疑氣氛。「一個影子，縱身跳下去了，據說走來哭屍的，還是那個影子」，這樣的詩句相當觸目驚心，透過適切的朗誦可能效果更好。

總之，詩的節奏之傾向徐緩以及急速，悉視作者因表現的需要而定。在藝術的效果上，並非節奏急速的詩一定優於節奏徐緩的詩。但是我們在檢視過很多的詩作品，發現不少詩人對節奏處理相當明快，同時詩的節奏也不僅限於徐緩與急速兩種形態，尙有旣不徐緩也不急速的詩。且詩人處理節奏的手法也是互異其趣，除前述詩人外，其他如瘂弦，喜歡運用重複疊句，碧果喜歡運用空格及詩行的高低不等，羅靑喜歡運用標點符號，葉維廉喜歡運用單句一個一個的排列，洛夫喜歡運用強烈色彩的動詞，管管喜歡運用連續性的語句，渡也喜歡運用散文詩的形式，蘇紹連喜歡運用扭曲的意象，夐虹喜歡運用輕輕的呼喚，非馬喜歡運用短捷的句子……雖然以上各人運用的手法不一，但其想達到充滿節奏之美的效果則是一致的。

因此，我勢必要再重複前面所說的話：「惟有活的語言，才能產生活的節奏。祇有懂得語言實際效用的作者，他所創造的節奏形式才是鮮活的、生動的、與眾不同的。」

讓我們一致努力，充份創造中國現代詩的「節奏之美」。

——中華民國六十七年十一月廿七日脫稿於內湖

附記：本文所引詩句，均係出自「八十年代詩選」。

略談現代詩的創作精神語言及批評

自五四提倡白話文運動，中國現代詩在語言、形式、節奏上……均起了極大的變化，經過五十多年來的實驗創造與錘鍊，中國現代詩放在歷史的縱剖面上，也展示了若干不容漠視的存在。正因爲現代詩打破了古典詩的傳統形式，在表現上較爲自由，但是這種沒有約制，沒有規格，沒有形式可循的詩體是最難表現得恰到好處的。近廿年來，現代詩人曾經作過多方面的嘗試，從追求詩的精神內涵、詩的繪畫性、超現實性到講求詩的張力與高度的節奏，以及從生活與事物的深處挖掘礦源等等，無不在促使中國現代詩邁向一個獨立、超脫、嶄新的境界。

當然，在精神上使中國現代詩與古典詩自然結合，也爲現階段詩人所追探的目標之一，但是在這方面仍談不上有多少成績，洛夫企圖在「長恨歌」的樂章裏開採新意，余光中企圖在「蓮」的世界裏轉化古人的情愛，鄭愁予企圖在「天窗」的空隙裏塑造古典的童話，……當然這些可作為詩的路向之一，但絕不是惟一的路。因為古人對事物的觀念與愛情的方式和現代人是迥然不同的。以現代詩，以現代語言表現甚或轉化古代的愛情……是不是有隔靴搔癢之嫌呢？因此，與其要現代詩與古典詩的精神源流滙合，不如要現代詩人努力開採這屬於我們這一代的。現代詩人的創作精神指向，應向多方面散射，譬如對人性的探討，對事物的挖掘，對戰爭的控訴，對死亡的詮釋……這些都是詩的題材，現代詩人必須以全生命全心靈直接切入，然後也許才能爆發出創作的火花。

其次，我們要創造自己的語言——這是一個值得深思的問題，什麼才是詩的語言，更是一個令人難以找到答案的問題。我個人雖然寫詩寫了廿多年，但是要我給詩的語言下一個明確的定義，我是辦不到的。但是我願意一再重複T・E・休姆的話：「恒追求那硬的，確定的、個人的字」。我以為這是對創造詩的語言最好的詮釋。因此使我聯想到要創造中國現代詩的語言，似乎應該注意到下列數點：

①詩的語言必須確切。

②詩的語言必須放射以及產生最大的歧義性。

③詩的語言必須獨立，而沒有過多的敍述性甚至附麗性。

④使用方言，俚語，甚至外國文字，必須有其表現上的理由。

⑤詩的語言要由作者自己努力不斷的創造。（重複自己，抄襲別人都是不應有的現象）

⑥詩的語言是「未知」。(在一首詩未完成前誰能說它像個什麼樣子呢？)

最後，我以爲歷來對於詩的批評所下的定義界說等等，都是片面的，不週全的。其實要批評之成爲批評，必須批評者本身是一個眞誠的藝術的人，他必須具備對於藝術的高度的敏感與深入的洞察，他必須懂得抉擇與鑑別，他必須具備驅策本國文字所特具的工力，他必須與詩人的心靈世界融會在一起，他必須背負一種偉大的使命感……

在批評的第一層意義上說，他必須是一個完完全全的欣賞者。所謂完完全全就是沒有一點虛假，而把自己整個身心進入到那個藝術品之中與它共同生長。

在批評的第二層意義上說，他必須是一個具有高度自覺性的創造者。他不僅以領受一件藝術品的意趣爲惟一的職志，而是要從那藝術品的根部攀升而上，發現某些深藏在底層的最隱祕的東西，然後把它宣揚出來。

在批評的第三層意義上說，他必須是一個純粹的批評者，在現代詩的天地裏，他不斷地創造，不斷地建設和不斷地完成。

——中華民國六十二年六月

現代詩真的無藥可救嗎？

最近幾個月，由於一位文學教授發表了幾篇閒話現代詩的「陋巷雜談」，而引起一場十分波濤壯濶的論爭，如果純是就詩論詩，這是好現象，反之如別具用心，則頗令人隱憂。

現代詩在臺灣發展的歷史，不到卅年，其間經歷無數次論爭，論爭的理由：不外晦澀與明朗的問題，內容與形式問題，語言問題，主題選擇的問題（諸如死亡、戰爭、性……之探索）以及表現技巧問題（如接受西洋各詩派的影響，特別是對超現實主義的貶抑）等等。儘管現代詩壇熙熙攘攘，表面上來看似乎永無安寧之日，實則純粹的論爭，對一個詩作者也有不少的好處，至少他可以聽聽第三者的意見，從中摘取其精華而揚棄其糟糠，以作爲他自身從事創作時的參考。

我們經常碰到一些蠻橫無理的批評者，他總以爲自己寫的批評，現代詩人必須奉爲經典才是。其實一個文學創作者是最自由的，他在寫作時是不受任何理論的羈絆，他所苦心經營的是他的作品；如果是一首詩，他應該考慮到整體性的完美，語言的精確性，意象的豐盈與張力的適切……反之，其他問題，諸如這首詩是不是爲窮人而寫，是不是爲社會大眾而寫，是不是爲某一特定階層而寫，這些並不是最重要的，最重要的應該是作品中飽滿洋溢的藝術性究竟到達何種程度。如你的作品根本沒有藝術性，光是爲窮人吶喊，爲社會眾生相白描，那要詩人幹啥，流行歌詞的作者儘可以勝任。

一個誠實的批評者，應儘量懷有相當程度的同情，絕不宜動輒板起道學面孔，亂砍濫殺一陣，譬如數年前，有一位從海外回國教數學的先生，爲了危言聳聽，突然在某一文學刊物上宣稱：「現代詩的僵斃」。事實上，這幾年，現代詩不但沒有僵斃，反而更加蓬勃，過去若干年，報紙副刊從不登載現代詩，現在這個現象已慢慢地改變過來，不但刊載，而且相當重視詩人的作品。何況現代詩從五四迄今，已有五十餘年的歷史，其間不知多少人披荆斬棘，前仆後繼，在創作的長程上，歷經若干次的實驗，我可以大膽地說，某些中國現代詩的佳作，放之世界詩壇絕不遜色，何以國內某些不事創作的所謂批評家，竟敢大言不慚，宣佈現代詩的死亡。這是值得令人深思的，他的這種惡毒批評的背後是不是隱藏有什麼見不得青天白日的陰謀？

要批評現代詩，似乎更應該廣泛閱讀現代詩人的作品，如果你祇蜻蜓點水接觸少數人的，而來高談濶論，難免搔不到癢處，譬如最近那位文學教授對現代詩的批評，即令人有隔靴搔癢之嘆。他指控現代詩人不是「人生」詩人，而是「文學」詩人，卽屬一項莫須有的罪狀。我現在拿出證據來讓大家看看，譬如最近由源成文化圖書供應社印行的「中國當代十大詩人選集」，我們可任意從中摘出一些詩例：

飲當歸酒，當歸故鄉？
故鄉啊，你在何方。

——紀弦（飲酒詩）

望鄉人啊
你的白髮一夜三千丈
繞過愁城
繞過醉鄉
怎樣也繞不住
一次海的黎明洗眼的眺望
一顆顆頭顱從沙包上走了下來
俯耳地面

——羊令野（馬山望大陸）

隱聞地球另一面有人在唱
自悼之輓歌

——洛夫（沙包刑場）

路有千條條條在呼喚着我
樹有千根根根在呼喚着我

——白萩（路有千條樹有千根）

赫魯雪夫是從烟囱裏
爬出來的人物
在俄國，他的名字會使森林發抖
他常常騎在一柄掃帚上
嚇唬孩子和婦女
他常常穿過高爾基公園
在噴泉旁洗他的血手

——瘂弦（赫魯雪夫）

其他諸如余光中的「飛將軍」、「海祭」；羅門的「麥堅利堡」、「板門店・卅八度線」；商禽的「火鷄」、「鴿子」；楊牧的「傷痕之歌」、「北斗行」；葉維廉的「布袋鎭的早晨」、

「大溪老人最後的事蹟」……從以上摘出的詩句與詩題，無一不展示現代詩人創作生活的多面性與風格的多樣性。一個有心的讀者更不難明瞭，現代詩人究竟是在眞實地生活，還是在飄浮地逃避現實；是在眞誠地介入，還是在虛應故事，我想那位教授心裏有數。至於他指責現代詩人不該爲兒女寫詩，不該爲朋友寫詩，更是荒謬之至。中國古典詩類似的贈詩不勝枚舉，這樣不着邊際的干涉行爲，實已逾越批評的常軌，成爲可笑的無理取鬧了。最滑稽的他在「詩人，你們在幹什麼」一文中再三出現「內湖的現代詩」這樣不倫不類的名詞，那麼這位教授住在羅斯福路，是不是可以稱他爲「羅斯福路的批評家」，我想假如有人如此稱呼，那豈不叫人笑掉大牙？記得最近在「詩人季刊」舉辦的現代詩座談會上，這位教授的入門弟子曾爲他辯護，指出詩人不該爲別人的批評憤怒，詩人應該有接受批評的雅量。那我倒要反問幾句，一個詩人對這種不誠實的批評提出一些建設性的意見的權利都沒有嗎？詩人爲維護公理而提出反駁是不正當的行徑嗎？「祇准官家放火，不准民間點燈」這種學院派新批評的霸道作風，應該要徹底的剷除。

中國現代詩仍在發展生長的過程中，我們翹首歡迎眞誠的批評，但是你必須對現代詩有相當程度的瞭解，否則信口雌黃，一定會遭有識者的譏笑。請不必杞人憂天爲現代詩定什麼規範，也不必貓哭耗子「什麼才算是中國現代詩」？「條條大路通羅馬」，我主張每一位現代詩人各走各的路，你有才情，請儘量把你心中對萬事萬物的感念記錄下來，寫進你的作品中。至於你的作品能否經得起時間的考驗，那是以後的事。所以我斗膽宣稱：「現代詩不要任何人請命，現代詩人也不必服用任何藥物，它的壽命不知比那位羅斯福路的批評家要長幾千萬倍，現代詩是長江大河，現代詩是雲山萬里，南無阿彌陀佛！」

——中華民國六十六年十一月

八種風格，八種境界

——簡說六十年代八位詩人的詩

中國現代詩經過五、六十年代詩人們披荆斬棘的耕耘，到了六十年代末期，業已呈現一片豐繁的景象，大家不再在歐美各種詩派裏徘徊迷惘，而努力從我國五千年歷史悠久博大的傳統裏找尋自己創作的根源。每個人都試圖找回純中國風的自我。他們不論在語言的運用上，意象的塑造上，結構的建立上以及節奏的把握上，無不力圖創造自我的聲音。

下面簡析的八位詩人，他們都有自我的風格，值得喜歡現代詩的讀者學習與擁抱。

・羊令野，一貝葉一世界

羊令野是中國詩壇受古文學（舊詩）薰陶最深的人物，他的作品也滿溢着美麗的東方的色彩，瘂弦曾以「畫太陽的人」來稱譽他，我想他畫的絕不是西方的太陽，而是寬舒廣博的中國。

……

作者寫作的年代甚長，最先以飄逸洒落的散文飲譽文壇，一幅「感情的畫」不知把多少讀者心靈的眼睛點亮了，其後漸次傾向於詩作，尤當他與葉泥主持「南北笛」詩刊時，跟着他的詩也堂皇地吸引着我們。

一個詩人應該有醒明的自知，羊令野雖然經常跳躍於古文學的琴韻，可是他絕不囿於古昔的熱情，而努力創造現代的節奏，由於他精於文字的選擇與運用，所以他的詩作一開始就偏向於緊密，偏向於含蓄，偏向於精緻。也許他的詩較少規模與氣勢，如果我們不以篇幅的長短來論，那麼他的規模與氣勢，也是深埋在跳躍的字語中。

作者並沒有驚人的創作量，但每成一首，自有其獨立的面貌，其中「貝葉」一詩爲其佳構，可說是作者寫詩以來最巔峯之作。該詩於「詩、散文、木刻」季刊發表之初，即引起很多人心靈的迴響，可見讀者的眼睛還是雪亮的。威廉勃拉克說「一沙一世界」，羊令野則是「一貝葉一世界」的。現在我們不妨對該詩作一個粗疏的檢視。

羊令野從事詩的創作，是先有對象，而後經過心靈的默視，最後才蛻化成詩，是以他不同於愁予，也異於瘂弦，他的心象常是凝聚在一個焦點上，然後分而合之，初時，他使它們在他的心中各各站立起來，等到小佇片刻或是已佔領讀者的禁域之後，他又把它們不急不徐地收回去。「

貝葉」一開始就是如此展示：

鎖住
我的小千世界之中，有
你，有我。在貝葉之上，
我們是如來的見證。

它的第二個特色是「意象的晶瑩」。如「夜不再銹」（第一葉）的犀利，「踩在脚底的太陽想飛」（第二葉）的飢渴，以及「不知什麼時候，雲才讀完羊兒的蹄印」（第八葉）的矜喜。……這些美好的意象，由於作者心中早有一個繆斯的倩影，所以它是那麼自然生動貼切地被造出，彷彿不是假借任何笨拙的人工之手。…………

第三，貝葉是眞摯的情誼的聲響，作者絕不囿於繆斯的美麗的裙緣，他心中柔美的漣漪，是一片一片輕輕地拍發，頗能給予吾人以「疏影橫斜水清淺，暗香浮動月黃昏」的感覺。

近兩年來，作者由於工作的忙迫甚少成詩，但深信他心中的詩一定是很多的，那末，羊令野，你這個畫太陽的人，請以你心靈的三稜鏡，把它們一一反射出來吧。

‧余光中，藝術的多妻主義者

余光中的文學活動是頗爲勇健的。爲當代詩壇著名的「英雄式」人物之一。他的詩足以透現出一個現代智識份子的心聲。

作者所走過的詩之旅程是相當崎嶇的，早期他沾戀於格律，注重工整的韻脚，以後接受現代思潮的啓迪，於是他一系列傾向於現代的作品如「天狼星」，「大度山」，「吐魯蕃」，「史前魚」等相繼問世，可是爲時並不太久，五十一、二年他又試圖在「蓮」的意象裏，捕捉古典的餘輝。三年前他應邀到美國講學兩載，在異國科學文明的重壓下，精神負荷極爲沉重，於是乃情不自禁地呼喊着東方，充份洩示無限戚戚之鄉愁，這時期由於他接觸到美國新一代詩人（如金斯堡，費林格蒂），他內在的靈犀頓悟，認爲介入現代是必須的。於是才有「敲打樂」一類作品的出現。

余光中對文字的運用與把握頗有其獨特之處，「天狼星」即是一例，該詩不僅充份展示現代智識的廣博，而且節奏豐富，氣韻渾圓，被公認爲是作者寫詩以來最佳的作品之一。

其次，作者的精神逼力也是極豪邁的，特別是他的一系列較長的詩，如不具有恒長，衝動而率眞的創作狂熱，怎能期其有成，這裏無法對他的那些大作品予以一一檢視，然其勇於嘗試的精神應該值得鼓勵的。在現代詩的創作史上，就長度而言迄今仍無人超過「天狼星」一詩。該詩發表後，洛夫曾有一專論刊於「現代文學」第九期，頗值得研究余詩者的參考。其後吐魯蕃，史前魚，大度山相繼推出，作者的精神境界仍在搖曳狀態中，但欲探討余光中的整個創作歷程，仍不能忽視這些作品。……

余光中一直是一個實驗者。嚴格點說，中國現代文學藝術現在還可能是在實驗階段，它的最後的面貌誰也難以界定和認識清楚，必須靠我們這一代，以及繼起者的共同努力，作者在過去的途程上，是時而前行，時而沉思，時而丟棄，時而塑造。如果把他早期的格律詩與現在所寫的作一比較，其不同之處極爲顯然，創造中國現代詩是須要強固的實驗精神，我們不怕被否定，而是徹底的否定後是否能再迅速的建立。

余光中批評的聲音很大。作者之能有今天的名望，他的評論文字實爲重大因素之一，「掌上雨」，「左手的繆思」均爲時下的讀者大眾所熟知，作者是中國當代詩人中具有較豐厚的西洋文學修養者，我們深盼今後他能更有系統地爲我國詩壇介紹歐美現代詩潮及創作，並將我國當代具有創造性代表性之作品向歐美詩壇譯介，似此當更能博得廣大讀作者心靈的喝采。

・周夢蝶，孤寂的風景

從沒有一個人像周夢蝶那樣贏得更多純粹心靈的迎擁與嚮往。周夢蝶是孤絕的，周夢蝶是黯淡的，但是他的內裏卻是無比的豐盈與執着。

在臺北武昌街頭，他徘徊着，他默視着，有時他看看灰暗的天，唸幾段莊子的「逍遙遊」，或是怎樣構想陳庭詩某幅畫上的一個字，或是冥憶遠方繆斯不定的眸光，……然而有他在此，那裏卽是一座詩的萬花園，有他在此，那裏看不見的詩的景緻就會逸興湍飛，有他在此，一切簡潔的會蛻變得如此的輝煌與燦爛。（我是說那一片看不見也摸不着的輝煌與燦爛）

詩人自「孤獨國」出發，好比初看視世界，柔柔地唱着他獨自編寫的心曲，雖有一股滿溢的矜喜，但因反覆的自我傾訴，以及心中釀製的概念未臻成熟，是以令人讀後有不夠開濶之感，可是經過一段不算太長時間的鍾鍊，他的詩自發表「絕響」起始，無論就表現技巧、幅度、語言創新，視境等等，均有其獨立的建構，特別是他講求嚴酷的自我內省，自我隔離，從而深體一股龐大孤絕的影子迎面向他無情的一擊，是以他不得不推開一切現實的門，打開靈魂一切的窗子，他要衝破一切，捕捉一片永屬一己的光耀，與萬有也是萬無共携手。

周夢蝶的詩最大特色之一，就是無懈可擊的眞摯，他深察羅丹精神的逼力與里爾克經常封閉的世界，所以他不斷努力學習與神對晤，與哲理對晤，與莊子對晤以及一切足以撞擊永恒的事物對晤，他從不寫自己不熟悉的事物，他更不挖空心思去提取一些與生命毫不關聯的意象，他更不作文字與語言的奴隸。他的詩純是一個健偉心靈自然的流露。如「囚」的第二節——

多想化身爲地下你枕着的那片黑
當雷轟電掣，夜寒逼人
在無天可呼的遠方
影單魂孤的你，我總縈念
誰是肝膽？除了秋草
又誰識你心頭沉沉欲碧的死血？

像這些發自生命本身的同情與悲嘆，讀後怎不令人一掬悲思之淚。它們沒有一點點的做作，尤其在此時此地更爲難能可貴。

周夢蝶的詩第二個特色就是意象之豐繁與冷冽。本來豐繁與冷冽是無法連結在一起的，可是當你深察作者的詩一定會有此種貼切的雙重的感覺。作者對事物觀察之細膩，對人生眞理顯悟之明澈，充份佈散在他的某些詩中使人難以觸及而又不能不觸及。

作者一直走的是深度的路，他前進，他探索，他挖掘，都是有秩序的，有目的的。假如說孤獨的人有福了。那麼「周夢蝶」——好一個嚮往眞正飛翔的名字，該是最先抵達他那獨自塑立的「永恒的峯頂」當未可知。

·大荒，有影子的存愁

一如被囚的猛獅嚮往曠野，被囚於孤獨的大荒時時刻刻欲衝破層層柵欄，奔向遼敻及平和。唱大江之歌，吐千山之色，飲莽莽大野之風塵，以及陽關三疊，阿拉伯神燈，海倫的玫瑰，沒有座標的夕陽船……等等都被超速的工業文明趕走了，而在詩人的夢裏就分不清那邊是現代，那邊是往昔。

作爲一個現代詩人的大荒，他的勇武豪邁的氣魄早已是聞名的，他一系列的長詩，猶之沉雄的交響樂，深深擊打着人們心靈的青空，大荒的詩雖然以沉雄著稱，可是他絕不刻意追求一種風格，對於他，屈原，李白，陶潛，波特萊爾，里爾克都同樣給他以沉醉和鼓舞。試問如果我們讀了他的「兒子的呼喚」、「幻影」、「佳節的明日」、「第四夜」、「存愁」、「金湯公園的午後」，以及「插曲」等等詩作，我們又何能界定他是屬於那一個流派，或者可以這麼說，那一個流派又可能局限了他。

現代人精神的負荷是愈來愈重，愈來愈無法丈量，大荒是對現代物質文明體驗最深表現最力的詩人之一，從他上述的許多詩作中，我們不難窺探詩人心靈的眞貌，「他擁抱工業文明就如擁抱一位妓女」（史班德語）那樣，甚且有着更尖銳更犀利更赤裸的洞視，試問像「誰的靈魂呼喚沒有水洗臉，誰的臉孔逃亡，誰的姓氏倒閉，誰的手抓不到泥土，誰的種子沒有乘客……」（見子的呼喚）這一連串的詢問，不正顯示出現代人精神的空虛與徬徨無助的孤冷，作者緊緊地抓住內裏的灼熱，可是經過高度的轉化，卻並不全然是無藥可救的，欲暢開現代人精神的河道，祇有從我們自己開始，從我們最眞實最原始的內裏開始。

大荒絕不是一個悲觀主義者，相反地，他對生命的肯定，對愛情的眞摯，對美好事物的禮讚，也常洋溢於他的某些詩作中，「第四夜」就是一個典型：「失去指頭的手遂經營一城美感，生命遂誕生花朵的文明，落葉寄不回中原，就拾給你生火，燒千千壺溫情醉我，千千朵微笑怡我，斂翅在每片涼爽枝葉間，你的呼喚，一回應便是『翩翩蝴蝶』」，詩人眼中的繆斯是如此之美好，如此的不能須臾分開，如此甜蜜與纏綿，那聲聲殷切的呼喚，眞像是作者說的一回應便是「翩翩蝴蝶」。

作者寫愛情，寫戰爭，寫現實的陰影，寫無可泯滅的最原始的人性，由於他的顫動性的言語，往往達至一種無限的詩境，使人心靈獲得飛躍的享受。

除詩外，大荒的小說也是呈現着另一種特殊的姿勢，他的「有影子的人」使他獲得國內現代小說界的稱讚，但是在這兩者的比重上，大荒善於以他特有的性格使詩與小說兩者均衡發展，他說「小說是生活的水份」，「詩是心靈的玫瑰」，誠然對大荒而言，這兩者都是缺一不可的。

‧碧果，小小的拜燈者

現代詩人在追求創作的路途上，儘可以多彩多姿，別出心裁，塑立一己的新風貌。如果大家都穿一樣花式的阿哥哥裝，梳理千篇一律的飛機頭，唱着同一個調調兒的歌謠，那有啥意思，中國現代詩之所以繁茂，就是由於它的「多樣性」與「多變性」。詩人碧果就是在如此強調獨創的態勢下迎風劈出，他那卅二招點字成「金」的絕技，早已聞名遐邇，毀譽參半，使他獲得詩壇一怪的稱號。

碧果是一個「形式主義」者，或者如史坦茵女士（Gertru de Stein）所指是一個「新的形式論」（Formalism）者，由於他特別注重詩行的高低起伏，間距的停頓空白，氣勢的和緩快速，致使他的某些作品，非以我們最犀利的觸覺去撞擊，勢難收到作者預期的效果。有時甚至必須將視、觸、感、嗅諸覺同時開放，才能體悟得出作者靈思的脈胳。碧果的詩是不適宜於朗誦的，嚴格地說，現代詩都是不可以朗誦的，但是爲了達到讀者個人的「欣賞邊際」（Appreciation margin此一名詞爲洛夫杜撰），有時甚至我們可以用最有動力的聲音（唸給自己聽的），把他的詩一個字，一句話，從肺腑中迸出，你在唸它時的抑揚變奏聲中，自可獲得字語以外最令人靈魂顫慄的感受。這是碧果的詩最大特色，如果我們僅從字面上去責難作者爲什麼要作這樣怪誕的表現，那是不正確的。

其次，碧果是一個創造者，而非因襲者，特別是在意象的塑造上，我們縱覽詩壇，也找不出第二個人來。他的詩不易模仿，他的詩不是被寫出來的，而是被雕塑出來的，雖然有時有形式主義的痕跡，但他非爲形式而形式，而是達到表現的極致而形式，像 e.e.cummings, Denise Levertov都是把詩的形式弄活了，當我們讀它們時何嘗覺得有一點點形式主義的空洞，反見峯廻路轉，曲折迷離，使人心靈飽受新的突出的意象的襲擊。

其三，請不妨注意一下碧果的語言，大抵一個優秀的詩人無不是掌握語言的魔術師，碧果的語言是冷僻、簡潔、有力，他的字語不是用來被描述的或是用來襯托的，它們——每一個字語的本身，都是一個獨立的存在，祇有被置於作者那個最適當的詩的位置，它們才各各發射強烈的生長的功能，也祇有當我們深切地明瞭什麼是「一品深綠」，「植圓於青空之上」，「透紫的娼妓之我與透紫」，「貓的一窗夜晚」……等等極端創意的詩句時，才能領悟得出碧果的詩所抒發的驚人的力量，深深迫人的張力，以及一種衝刺人的心臟的「直接感」。

當克勞德・羅依深深搖撼着巴黎，賓恩・特納克猛烈擊打着漢堡，葛思康分佔了數不盡循環小數的倫敦，而碧果卻怔怔地孤獨地徘徊在臺北的第七個夜，吹起他那攝人魂魄的魔笛，以生命的血漿去塗抹他的觸覺的詩。畢竟是極爲可喜的。

．葉維廉，雲來萬嶺動

葉維廉的詩融磅礴、精微、深刻、凝實於一爐，在當代實難找出像他那樣具有內在精神逼力的詩人。從早期敲打古典，追求折叠之意象，而到近期的沉雄、舒愉與明媚，作者前進的步度是極爲剛健的。

作者的詩，無不經過苦心的經營與塑造。初接觸它時，彷彿我們是在濃霧裏穿行，迷迷濛濛，等到一旦撥開眼前的魔障，你會驀然發現，他詩中精神的綠洲實在遼濶之至。他從未刻意吸引人們去讀它，但是當你一旦深入他的堂奧，你會愛不忍釋地苦苦去追探他的心靈的領空。我們就是在此種初覺其怪異與晦澀的氣氛中而開始接受與喜歡他的詩的，下面玆舉其「降臨」一節爲例——

裂帛之下午披帶着
黃銅的聲息，一切應該齊備了
追逐我們心之欲達，指及旭陽之劍的
廣路臣服於我們升起的塵薰之足
文雅濡濕的星之金礫臣服於

野蠻銅鑼之一響，如雲的樹木
拉下高天明澈的憂鬱，淹沒我們
計算無間的滴答之夜
而青春穀粒從風鼓之斜梯落下

維廉用的意象，顯然經過苦心積慮的構思，而同時流露一種「雄偉」和「深沉」的感覺。「裂帛」是一個獨立的意象「下午」又是另一個獨立的意象，將這兩者聯起來，卽產生一種豐繁的感覺；那音響（裂的聲音），那彩色（帛的原色），指出了時間和空間（「下午」）。因而意象是凝實的，是詩人內在「意識的昇華」。這裏面深含着詩人的內在經驗，感受和思想，但和他最初所接納的印象廻異，而是經過孕育，發酵，才萌生出來的。如果不用「下午」而改爲「夜晚」，可能意味全消，因爲祇有「下午」，才能輕悄地引出下面「黃銅的聲息」，「旭陽」、「高天明澈」……等連串的意象來。卽此，對於意象，必須使其準確、凝鍊，否則便無從確切表出詩人之所感，無從由意象自身構成整首詩的「情境」和「節奏」，意象本是獨立的，但無數獨立的意象，卽組成一種境界，佈出一種相尅相生的形式與秩序。（以上係引錄李英豪之見解）

其次，維廉的語言多動力而深具「暗喩性」。

其三，維廉的詩是一道永不間息的巨大的江河，作用於讀者心中的風起雲湧的感覺，實在是難以傳述的。

前者請看他的「仰歌之歌」，後者請看他的「舞」。——

我怎樣被故事，河流怎樣被兩岸
兩岸怎樣被行人，行人怎樣被
龍舌蘭的太陽（仰望之歌）

以及——

「流年的頭髮拍動市街的落日……」
「窗戶統被龐大的足音推開」
「雲來萬嶺動」（舞）

從以上的詩句中，我們自可感知維廉的語言的動力，氣氛之把握，與夫「觀念之貌」的深入。不然何能有如此絕妙之展示。

眞正的「詩」是什麼，眞正的「意象」是什麼，眞正的「完整」是什麼，我們可能得到的便是像葉維廉的詩那樣眞實那樣精確的答覆。

·方莘，色雷斯的膜拜

在六十年代的詩壇，方莘的聲音是最尖拔的。他作品中表現的幅度極爲浩瀚，加之觀察犀利，用語新銳，尤對意象的捕捉，氣氛的把握，和永無休止的探尋「未知」這幾點上，都有着別人難以抵達的佳境，是故他的詩，不經意間變成六十年代詩壇的絕唱，想來是很恰當的。

方莘寫作的態度極嚴肅，尤其是近年來，他自發表「色雷斯輓歌」（見「現代文學」）之後，深體寫作之艱苦，並對自己詩作持謹愼的懷疑態度，尤對語言的控制產生了極大的期盼與感觸。像方莘這樣已建立自己聲音的人還要如此自省與慨嘆，作者對詩藝之忠貞於此可見。

從學院出來，並不沾染學院的氣息，方莘的詩，要比那些深受學院影響的詩人的作品開放得多了，這充份展示出方莘是有所選擇有所揚棄的，詩，要從現實的深淵中去提煉。不然即可能變成一堆蒼白的屍體。

方莘一開始創作時，就從事多方面的實驗，練習曲，抒情的小調，咆哮的輓歌，他都嘗試過。誠如他自已所指「每一個新的創作都有一個新的風格：不同的形式、色彩、音調、節奏、韻律及語義、語法。每首詩都有自我的容貌，性格。」這不是自詡，而純屬作者眞摯的心靈自我的表白。

在表現手法上，方莘吸取了各詩派的長處，他的詩有古典主義的穩實，也有浪漫主義的熱情，更有現代主義的錘擊。他的筆觸儘管舒放與誇張，但那是有所表現而絕不失之於虛幻。他亟力折斷平鋪直敍的字眼，而尋求一些較富彈性的、張力的、有放射線的語言。由於作者小心翼翼的編織，終於使我們得以洞悉他那深藏在內裏的凝實與延伸的喜悅。

方莘的詩另一特色是「氣勢」。（如「咆哮的輓歌」）寫現代詩，尤其是長詩，欲使氣勢隨語言的張力而生長，的確是很艱困的，一顆沒有受過訓練的心靈何能臻此。方莘適切地豐盛地更是昂揚地驅使他的精神的衝力，能夠一瀉千里，使我們感知他的一呼一吸，如大地脈搏之躍動。現在請聽聽「咆哮的輓歌」的開始——

聽啊，聽啊；風還在不停的吹着。
哭吧，喊吧。哭吧，喊吧！
燭火終於熄滅的時候！我
突然發現了祇是一隻紙糊的人頭。

它們給予人心靈內在的感受是怎樣，「紙糊的人頭」是多麼極盡譏諷之能事，使我們有着欲哭無淚的痛楚。現代人的精神狀貌被現實壓得一點氣力也沒有，祇有詩人敢於如此挑戰，如此洩發內在的良知，可是結果又有什麼用呢？

方莘的優點何祇這些，他是年輕一代詩人的代表，願他於旅居加拿大留學之餘，寫些更富撞擊力，更富冥想性的詩吧。「永恆」總是靠近那些優越的心靈的。

・朵思，繆斯的側影

飄遊過H・D・的「迷魂河」，沉潛於里爾克無遮攔的「豹」，把戴蘭・湯瑪斯的艱澀放在一邊，且亦丟失M・夏考白的怪異與幽默，從眾多歐美大詩人的門檻中走出，而把自己詩生命的迷宮雕塑在東方凜然的巨石上，這就是當今中國詩壇泛着紫色大理花一般秀郁的，我們的女詩人——朵思。

A、嚴密的建構——製作一首現代詩，其進程是非常厄困的，一個作者並不祇是習得擷取一些鮮銳的語言，把它填進作品中就算了事，如果眞的是這樣，那也眞是太悲哀了，詩人不是文字學家或語言學家，她必須養成一種能力，一種特異的能力，使個別的成爲整體，使雜蕪的成爲光潔，使眼前的萬千事物能夠絲毫不紊地在她的詩中一一呈示出來。儘管自超現實主義以來，寫新詩的朋友們頗爲講求自動的抒寫與表達，但絕不是如脫韁之馬完全沒有束制，而是作有效與適度的安排。朵思一開始創作時就已懂得這些，她甚自知，且絕不輕易下筆，尤其是不隨便把不成熟的詩拿去發表。故她創作的產量不豐，但每發表一首詩，必有其特殊的面貌，她最講求詩的「肌理」與「建構」，質言之，也就是對一首詩整體的美，她是頗爲審愼的。如收集在「側影」詩集中的「晨」、「夜港」、「風雨中」等諸作，頗使我們回憶起抗戰時期的女詩人陳敬容來，而朵思的犀利、貼實與溫柔，則是陳女士所不及的。

B、**清新的感受**——一個詩人之能脫穎而出，且被眾多的讀者自人叢中轟轟舉起，這絕不是偶然的事，而是憑她的優異的作品才能立得住脚，朵思的詩有一種說不出的魅力，當您以眞正的心去撫摩它時才能感悟得到，下面請不妨體驗一下她那最耐人尋味的幾句：

「晨開啓其門。晨是臺階，晨是導引，衆多的事務開始其端，衆多的芬馨來自晨淡淡的一些素描」

以她的輕輕的筆觸，差不多把「晨」寫活了，她把自己隱藏在「晨」的最神秘處，讓人一步一步地深入，一步是一個境界，一步是一個記憶，像她那樣發自內心深處的詩句，怎能不予人以奔湧的感受，而禁不住要默默地跟着她。……

C、**愛心的佈建**——從事寫作的人應該要以廣大的愛心爲出發點，朵思是經常凝視現實的深處，祇有勇於犧牲奮鬥的人，才更深切地懂得愛，享受愛和蘊育愛，而她和詩人畢加的婚姻就是從層層障礙中穿過而獲得結論的。所以她想擊破這個現實，穿越這個現實以及握住這個現實，所以詩人是矛盾的、悅樂的也是痛苦的。可是她的詩確是人性最眞最美的流露。如「嬰兒」一詩展示母性至情的愛，禁不住要讓人驚呼，哪，多偉大的心。「最後企盼」一詩卻並不是最後的，而是更加無限地伸延。「在火車上」一詩，她說着最貼實的話，她企圖穿過過去，而回想過去，可是卻逐不出落在心坎裏的對於「現代的迷惘」。……但，不論如何解述，她的詩依然顯示「愛的多樣性」，則是不容漠視的。

D、**傳統的挑戰**——詩人最可貴的精神就是不斷的創造，朵思從來沒有停止過自己的脚步，她一直是朝向深、眞、純的境界走，她的表現技法是暗喩多於敍說，隱秘多於直陳，從綿密的意象中放射一股難以抵擋的勁力，說得直接了當一點，她不是傳統詩的繼承人而是它的澈頭澈尾的挑戰者。……如她的新作「夜街」中的一段：

「而街之幽秘叨於夜之口中
濕冷之夜，豹之夜，以及其他形態之夜
唯更高之充實乃似吐納不出之船塢」

這些詩句不是由於作者高度的創造，何能臻此效果。而這些也足以證明朵思是一位精美的新銳的富有極端創造的女詩人。

總之，六十年代末期，中國現代詩壇人才鼎盛，在創作上卓然有成的，絕不限於以上八位，筆者基於個人的偏愛，分別介紹了他們的詩風，相信讀者的眼睛一定是雪亮的。那麼你們儘可能以一己品詩讀詩的興趣，用你們深邃的靈視之眼，去品去讀他們吧！

——中華民國五十六年六月於澎湖

從「靈河」到「魔歌」

中國現代詩自卅八年發展至今、歷經萌芽、實驗、成長諸階段，愈至晚近，愈易見其成果，特別是從少數幾位中年一代傑出詩人的作品裏可以看出一些蛛絲馬跡，而詩人洛夫的作品正是其中之一。黎明文化事業公司最近爲他出了一本自選集，共收入作者各階段的詩作七十首、詩論三篇，外帶作者年譜、手跡、作者書目及作品評論引得，概括來說，這本自選集算是很完備的了，足足可以讓讀者對洛夫的創作活動，有一更清晰更全貌的了解與認定。

眾所熟知，筆者曾和洛夫、瘂弦於民國四十三年在左營創辦了一個「創世紀」詩刊迄今，這本刊物是中國現代詩發展史上的見證人。由於這個刊物，我們結識了很多詩人朋友，同時更使洛夫、瘂弦在創作方面展示極大的雄心，他們兩位很多傳誦一時的好詩，都是在彼此互相激盪、互相策勵的情況下誕生的。譬如洛夫的「海」、「石室之死亡」、「雪崩」、「我的獸」……以及瘂弦的「巴黎」、「深淵」、「在中國街上」、「鹽」、「如歌的行板」……等，這些作品投入當代詩壇，猶之一陣春雷，猛烈震撼着眾多詩讀者的神經。很坦率地說，假如當初我們沒有創辦這本詩刊，說不定今天也看不到洛夫的自選集。俗云，同船過渡都是緣，何況我們結下這文字緣已經廿多年了，而今天洛夫出版其自選集，由我來執筆試寫一些感想，大概也還是一個「緣」字吧。

為便於評述起見，特先將洛夫自選集所選各階段的詩，作一小小的統計。

■「飲」等十三首，選自「靈河」。這是洛夫的處女集，於民國四十六年十二月由創世紀詩社刊行，共收詩作卅一首。此次自選集僅選入十三首，淘汰十八首。

■「石室之死亡」，全詩共六十四節，於民國五十四年一月出版，此次僅選廿一節，計淘汰四十三節。

■「灰燼之外」等十五首，選自「外外集」。該集共收詩作廿八首，於五十六年八月出版。此次僅選十五首，計淘汰十三首。

■「手術台上的男子」等七首，選自「無岸之河」。該集由大林書店於五十九年三月刊行，實係洛夫的第一本自選集，故作者此次祇選「西貢詩鈔」中十二首中的七首。

■「嘯」等十五首，選自「魔歌」。該集共收詩作五十八首，於六十三年十二月由中外文學社刊行，此次僅選十五首，計淘汰四十三首。

綜上所述，洛夫五本詩集加起來的創作總量應爲二百餘首，而未收入這五本集子的詩更是不計其數，此次自選集所選不及總量的三分之一，由此更可見洛夫對自己創作要求的嚴苛。從「靈河」、「石室之死亡」、「外外集」、「無岸之河」一直到「魔歌」，洛夫所展示的一貫創作脈絡，予人以極鮮明強烈的印象。這個充滿野性、充滿不可思議、充滿征服詩的原野的湖南人，他的週身遍佈熱辣辣的火焰，雖然他有時也很溫柔、也很細膩，但他大部份作品給予人心靈的感受是猶如置身在月黑風高的驚濤駭浪之中。

在清晨，那人以裸體去背叛死
任一條黑色支流咆哮橫過他的脈管
我便怔住，我以目光掃過那座石壁
上面卽鑿成兩道血槽

——石室之死亡（第一節）

嘗試對「石室之死亡」作某種程度的詮釋是必要的。讀了上面四行詩，卽使你一時摸不清作者所欲表現的是什麼，然由於作者這種充滿眞摯的披瀝，充滿對戰爭的憤怒，特別是後兩句所閃動的怵目驚心的意象，你能無動於衷嗎？

詩人菩提於民國五十四年六月十四日寫給洛夫的信上說：『我讀「石室之死亡」，每嘗試解說一次，就有一些新的發現，「石」詩是很難解的，但也愈想解說愈發現其中的奧妙。』而林亨泰在「大乘的寫法」（見林著「現代詩的基本精神」）更把「石」詩指爲「隱喻如硬殼」這一嶄新的說法。他也認爲「石詩」如不加以解說，恐怕讀者是難於瞭解的。瘂弦在「六十年代詩選」的作者小評中劈頭就直接切入：『在他的血液裏早就奔流着一種巨大的悲哀和苦悶，實由於此，他才寫下了「我的獸」以及「石室之死亡」。』

因此，我想與其要我來解「石」詩，不如讓我對作者創作「石」詩時的心境作一番祕密的宣洩。

洛夫創作「石」詩，應爲民國四十八年五月，是金門發生「八二三」砲戰的次年，那時作者每天活動在金門的石窟中，從事對匪鬥爭的工作，試想，在那種一觸卽發的戰爭邊緣，詩人面臨生存的威脅，飽嚐思念一海之隔的親人的痛楚，他恨不得馬上身添雙翼跨過海峽打回去，然而，囿於現實諸種因素，詩人一時無法滿足自己的願望，於是他開始便用濃烈的筆觸，拚命抒發心中的情懷，再把這組詩定名爲「石室之死亡」，據他自己解釋並無必然的意義。可是以我推斷，詩人以「石室」來抗拒「死亡」。也惟有上過戰場的人，才懂得死亡的眞義。因此某些戰爭的意象在洛夫的詩裏開花了。譬如下面的一些句子——

當我微微啓開雙眼，便有金屬聲

叮噹自壁間，墜落在客人們的餐盤上

——摘自「石室之死亡」第二節

光在中央，蝙蝠將路燈吃了一層又一層
我們確爲那間白白空下的房子傷透了心

——摘自「石室之死亡」第五節

請把窗子開向那些或將死去的城市
不必再在我的短髭裡去翻撥那句話
它已亡故
你的眼睛卽是葬地

——摘自「石室之死亡」第六節

今天的嘯聲卽將凝固爲明天的低吟
騎樓上只懸掛着一顆鬚眉不全的頭顱

——摘自「石室之死亡」第廿三節

想到戰爭，戰爭是一襲摺不攏的黑裙
當死亡的步子將我屋頂上的一抹虹踢斷
我猛憶及你們有一雙烏賊吃過的眼睛

——摘自「石室之死亡」第廿四節

儘管某些人把「石室之死亡」譏爲晦澀詩的典型，譏爲超現實主義的餘緒，甚至一脚踢翻「石」詩的整個價値。那是因爲他們毫無戰爭經驗，一生躲在暖室中孤芳自賞，怎能體認「石」詩豐富的內蘊。但是另一批飽受戰火洗禮的詩人，譬如管管、大荒、羊令野、辛鬱、碧果……他們對「石」詩的意象是完全可以捕捉。我深信再過若干年之後，「石」詩必將遙遙地走在時代的前頭，它甚至像李商隱的「錦瑟」，杜甫的「秋興」，那樣令後人加以一遍又一遍的解說，也並非是不可能的。

除「石」詩外，洛夫的一輯「西貢詩抄」，也寫得十分精彩。當代詩人對戰爭體認最深刻而能同時貫穿於其作品中，除了洛夫應不作第二人想。我說這話並非緣於我們的友誼，而是以他的作品爲見證。兩年前，他的「手術台上的男子」——曾經引起激烈的爭辯，姑不論

血

從血中嘩然站起

究竟怎樣解說才最恰當。我所指的乃是他的創作的手法，完全是他自己從長久時日的探索中所獨創的。至少在「手」詩未誕生前，我尚未見過其他同輩詩人用過這樣的手法。

收錄在自選集中的七首「西貢詩抄」，我最爲激賞的還是那首「沙包刑場」——

一顆顆頭顱從沙包上走了下來
俯耳地面
隱聞地球另一面有人在唱
自悼之輓歌
浮貼在木樁上的那張告示隨風而去
一付好看的臉
自鏡中消失

雖祇短短的七句，作者用明喻、暗示、壓縮、對比等等手法把戰爭經驗（景象）描繪得淋漓盡致，好一幅悲壯蒼涼的畫面，自我們的眼前緩緩移過，眞是令人欲哭無淚。

越南的戰爭是一條河，一條茫茫然不着邊際的「無岸之河」，它是沒有希望的，如今越南早已陷落，詩人早在四五年前就已經這樣的預言過了。

你們　可能
我們　可能
扣一次扳機　可能

撕一疊名冊
他好像笑了一下
他把鑰匙塞在橋墩底下
他倒了下去

是的，越南在全人類億萬隻眼睛的凝望中倒了下去，它淒淒然地倒了下去，整個世界，整個亞洲都爲之悵然若失，但是它在詩人的心目中，現在它雖然倒了下去，但有一天它是會站起來的。

選自「魔歌」中的「巨石之變」，爲「洛夫自選集」的壓卷之作，也是洛夫晚近最動人的一個作品。論創造性，它不及「長恨歌」之多變；論清晰，它不及「清苦十三峯」每峯均能自成一單元；論情調，它沒有「獨飲十五行」之令人醺醺然。但是它依然有其不可忽視的逼力，使我對它產生相當的好感。

「巨石之變」全詩概分七小節，共七十行，就題目來看，寫的是「巨石」，實則寫的是詩人自己。全詩中充滿第一人稱的句子特多，譬如：「在我金屬的體內」、「我的容貌乃由冰雪組成」、「我掌中沸騰的水聲」、「我是火成岩，我焚自己取樂」、「萬古常空，我形而上地潛伏，一朝風月，我形而下地騷動」、「我迷於神話中的那隻手，被推上山頂而後滾下，被砸碎爲最初的粉末」……可是仔細探究起來，則每一個「我」，均有其氣象萬千的新意。

「巨石之變」所發出的聲音，是冷峻的，亦灼熱的；是流動的，亦凝固的；是舒放的，亦收斂的；是溶入的，亦契合的。

那滿山滾動的巨石
是我嗎？我手中高擧的是一朶花嗎？
久久未曾一動
一動便佔有峯頂的全部方位

我想詩人的意念，自這幾句詩中，已經全部透現出來了。

綜論洛夫自選集，不是短短數千字就能暢所欲言的。而洛夫各個時期的發展，雖然均展示其不同的「心路歷程」，但總括來說，不論他的語言、意象、節奏與融鑄各種技巧的工力，依然有他一貫的脈絡可尋。他之時刻求新、求變、求獨創，完全是順乎自然，水到渠成，這與某些刻意標新立異譁眾取寵之輩是不可同日而語的。所以他在「魔歌」自序中欣然供認：「我的文學因緣是多方面的，從李杜到里爾克，從禪詩到超現實主義，廣結善緣，無不鍾情，這可能是我戴有多種面具的原因之一，但面具後的我，始終是不變的。」中國現代詩的命脈在臺灣，而臺灣現代詩的前途則繫於少數傑出詩人，試看老一輩的已如晨星寥落，而中年一代的詩人在創作上也日漸式微，惟有洛夫始終擁有雄厚的創作潛力，仍在廣大的詩的原野上馳騁，他是目前被廣大詩讀者與批評者所注視的焦點，也是現代詩壇少數幾位贏得國際聲譽的傑出詩人之一，我對他的期望是十分深厚的。我想今後洛夫需要走的路仍然十分漫長，希望他更加擴大寫作的題材，破除語言的「慣性」與揉合各種技巧的功夫，那麼，我敢說，他未來的成就，將無可限量。

——中華民國六十四年十月中旬於台北

附記：

(1)「洛夫自選集」在編輯印刷裝幀諸方面，極爲美觀典雅，惟所選作品均未註明創作年月，似宜改進。

(2)卷末附有「作品評論引得」，甚具參考價值，但據筆者手邊的資料仍有遺漏，特補充如下：

■論洛夫的「石室之死亡」。祁雪（香港「中國學生周報」、五十三年）

■釋洛夫的「清明」。菩提（青年戰士報副刊、五十九年）

■談詩的語言。周伯乃（見「現代詩的欣賞」、三民書局）

■析評洛夫的「白色之釀」。黃榮村（「龍族」五期、六十一年）

■試析洛夫的「裸奔」。許茂昌（「詩人季刊」一期、六十三年）

燦爛的驚呼

——試談鄭愁予的「天窗」

在中國當代詩壇，近卅年來詩人鄭愁予所釀製的優美而純正的抒情風格，幾乎一直在豐盈着某些極富創造的心靈。他的一些膾炙人口的詩句，我們也經常不自覺地可以脫口而出：

我達達的馬蹄是美麗的錯誤
我不是歸人，是個過客……（錯誤）
趁夜色，我傳下悲戚的「將軍令」
自琴弦……（殘堡）
月光流着，已秋了，已秋得很久很久了（右邊的人）

隨着歲月無情的消逝，已經擱筆十多年，而且不再年輕的鄭愁予，他的詩卻愈來愈能在年輕一代的心靈中發出無比燦爛的驚呼。

此刻，我們將把視覺焦點集中在他的一首短詩「天窗」上：

每夜，星子們都來我的屋瓦上汲水
我在井底仰臥着，好深的井啊。

自從有了天窗
就像親手揭開覆身的冰雪
——我是北地忍不住的春天

星子們都美麗，分佔了循環着的七個夜
而那南方的藍色的小星呢？
源自春泉的水已在四壁間蕩着
那叮叮有聲的陶瓶還未垂下來。

啊，星子們都美麗
而在夢中也響着的，祇有一個名字
那名字，自在得如流水……

「天窗」，被讀者傳誦已久，是鄭愁予的名作之一，全詩分四節，凡十二行（第一節二行，第二節三行，第三節四行，第四節三行），是作者假借「「天窗」來暗示及烘托他那一股淸淸淺淺的鄉愁。

作者對語言的選擇與運用，幾已臻至化境，一開頭，他就給予讀者一種新奇的感覺：「每夜，星子們都來我的屋瓦上汲水」，這個景象是十分耐人尋味的，說穿了，祇是每夜有露水打濕他的屋瓦而已。但作者不願直指，而以迂迴的手法，輕輕點出星子們來我的屋瓦上汲水，令人掀起無限的遐想。「汲水」二字，可圈可點。尤其把「星子們」與「汲水」同時安插在一起出現，更增加一股令人愛不忍釋的神祕氣氛。緊接着：「我在井底仰臥着，好深的井啊」。凡是在中國大陸住過的人，大概都有這樣的經驗，我們家鄉的老屋，天窗是開得很高的，在屋頂上安裝一塊正方形或長方形的玻璃瓦片，這樣可以不時讓陽光穿透進來，人躺在高高的天窗之下，彷彿有一種仰臥在井底的感覺。「好深的井啊」，我們甚至可以這樣說：「好深好深的鄉愁啊」。第一節短短兩行，作者已把北方家鄉「天窗」的具體形象，十分成功地呈現在讀者的眼前。

第二節，作者借天窗的既有形象，更加擴大他一己的想像空間。在寶島，已許久未曾觸及那一股澈骨寒冷的冰雪了，所以作者想到北方的冬天，冰雪覆蓋在天窗上的情景，作者用了「覆身」兩字，好像這層冰雪不僅是覆蓋在天窗之上，同時也覆蓋着作者自己。這種尖銳逼眞的想像與感受，我想讀者是可以撫摸得到的。「我是北地忍不住的春天」，冰雪肆虐的嚴冬，雖然並不好受，作者巧妙地選用「忍不住」三個字，實乃暗指他身心同嚴寒搏鬥的某些情態，我身雖在冰雪無情的覆壓下，而心卻仍然是熱辣辣的，充滿春天的暖意，所以他要「揭開」，狠狠地揭開。……其實這也是一種不得不如此的內心的呼喊。

第三節，作者又把景象拉回：「星子們都美麗，分佔了循環着的七個夜」，換言之，一個禮拜七天，她們每夜都來佔領他心靈的空間，以「星子」來影射作者心目中許多美麗多情的繆斯，這個假設似乎是可以成立的。（楊牧在「鄭愁予傳奇」一文中就曾如此假設過）春泉雖然早已在四壁閑蕩，祇可惜我們沒有陶瓶，不能把它點點滴滴的儲存，作者假借「藍色的小星」（可能是另一個繆斯）作如此戲劇性的穿插，無非爲了放射更多的情趣而已。

最後一節，作者的意圖至爲明顯，「天窗」雖然給予我們很多的玄想，但那畢竟是故鄉的產物，而在今天客居的寶島，我們是難得一見的，即使有的話，也不可能像故鄉的天窗一模一樣，帶給人們那種歷久彌新的感受。「而在夢中也響着的，祇有一個名字」，這個名字就是「天窗」。她像流水一般永遠活在我們的記憶裏。

總之，「天窗」是一首充滿無限「出神狀態」的抒情詩，他把我們既有的經驗如夢初醒地點出，燦爛而平實。在語言上，由於作者巧妙的組合，使它從平淡中顯現不凡的魅力。在節奏上，由於前後呼應，抑揚頓挫，確屬一氣呵成之作。在意象上，由於作者善用隱喻、象徵、假借等等手法，字裏行間，充份閃爍着一種不可思議的「曲線美」。

——中華民國六十七年十二月五日深夜內湖

附記：對於新詩作品的討論，誠然人言人殊，難有定論，但讀者從衆多意見紛歧的論評中，也許可以理出一個比較清晰的脈絡。本文對「天窗」提出的一些淺見，祇能算是一小片瓦礫，希望借此引出一塊玉來。

肯定之必要
——讀「瘂弦自選集」小感

從一疊疊的風景片裏走出來（劇場，再會）
落葉完成了最後的顫抖（秋歌）
老太陽從蓖麻樹上漏下來（一九八〇年）
南方的小徑通向耳朵（三色柱下）
把你給我的愛情像秋扇似的摺疊起來（早晨）
北斗星伸着杓子汲水（土地祠）
樵夫的斧子在深谷裏唱着（山神）
雙脚蹂躪瓷磚上的波斯花園（酒巴的午後）
你唇間的刺靡花猶埋怨於膽怯的採摘（倫敦）

以濕潤的頭髮昂向喜馬拉雅峯頂的晴空（印度）

你們再笑我便把大街舉起來（瘋婦）

我站在左舷，把領帶交給風並且微笑（出發）

以上這些詩句，是順手摘自甫由黎明文化公司出版的「瘂弦自選集」。對於瘂弦的詩，絕大多數喜歡現代詩的讀者都耳熟能詳，甚至可以背誦，我之所以把這些詩句摘出，無非讓大家「溫故知新」而已。

瘂弦共計出版過四本詩集。第一本是「瘂弦詩抄」，於民國四十八年由香港國際圖書公司出版，該書原名爲「苦苓林的一夜」，出版公司並未付作者稿酬，祇送書二百部，瘂弦覺得這個書名不雅，於是乃改換封面，易名爲「瘂弦詩抄」，在臺詩友獲得贈送的都是這個版本，在香港及東南亞發行的則是「苦苓林的一夜」，這個祕密有不少詩友知道，但並未點破。

第二本詩集是「深淵」，由眾人出版社於民國五十八年出版，除收入「瘂弦詩抄」中的大部份詩作，並增列一些新作如「深淵」、「巴黎」等……。

第三本詩集是「深淵」增訂本，於民國六十年由晨鐘出版社出版，除增列若干作品，並將他的「詩人手札」一文一併收錄。

第四本是「瘂弦自選集」，於民國六十六年十月由黎明文化公司出版，就是筆者所要談的一本，也是收錄詩作最完備最齊全的一本。本書共分八卷，大體上是按照題材內容區分的：卽卷一

（野荸薺），收入春日、斑鳩等十一首。卷二（戰時），收入山神、紅玉米等八首。卷三（無譜之歌），收入酒巴的午後等六首。卷四（斷柱集），收入在中國街上等七首。卷五（側面），收入坤伶等十一首。卷六（徒然草），收入給橋等五首。卷七（從感覺出發），收入下午、深淵等九首。卷八（廿五歲前作品集），收入我是一勺靜美的小花朵、劇場再會等十八首。另附錄青年詩人羅青的瘂弦專論——「理論與態度」及「臺大青年」的詩人訪問記，對作者的創作觀有極詳盡的剖述。

在瘂弦的創作長程上，大概可劃分爲三個時期：即——

一、歌謠風的抒情時期——自四十三年至四十七年。這時期的代表作品有鬼劫、我的靈魂、酒巴的午後、馬戲的小丑、遠洋感覺……。作品的特色是喜用疊句，從清清淺淺的旋律中展示抒情的奧祕。

二、「從感覺出發」的茁壯時期——自四十八年至五十一年。這時期的代表作品有巴黎、倫敦、那不納斯、從感覺出發、深淵……。作品的特色是重整體的呈現，直探現代人靈魂的心室，且喜歡捕捉異國情調，放射一股巨大的驚喜。

三、超越現實的圓熟時期——自五十二年至五十五年。這時期的代表作品有如歌的行板、下午、非策劃性的夜曲、焚寄T．H、另一種的理由……。作品的特色是滿載高度的戲劇性，滿載個人潛意識的夢，在語言上更加洗練，在意象上更加豐盈，無疑是詩人創作的巔峯。

自五十五年秋瘂弦應美國愛奧華大學保羅・安格爾教授之聘，赴該校文學創作班研究，迄今整整十年，詩人卽不再有詩作問世，令人惋惜。

這本自選集，前面七卷的作品，大都爲讀者所熟知，惟有第八卷收入作者廿五歲以前的作品十八首，是國內任何詩選都未選入的，彌足珍貴。另附有作者畫像、生活照片、手稿、創作年表及作品評論引得，深信凡欲研究一個詩人艱辛的創作歷程，無疑這本自選集爲你提供了相當豐實的第一手史料。

當今一些批評現代詩的人士，總喜歡以晦澀難懂爲藉口，指責現代詩人過份着重自我世界的挖掘，忽略讀者大眾接受的心意，但是證之瘂弦的詩，確實沒有這些弊病，喜愛他的讀者似乎愈來愈多，他的甜而又鹹的語言，他的戲劇性的張力，他的獨特的風格，……曾經使他在當代詩壇領了不少年的風騷，相信這種局面還會繼續維持下去。……

當你步入那最高的峯頂
把臉在衆星之間隱藏

難道詩人眞的要與「永恒」絕緣嗎？

——中華民國六十六年十一月尾於內湖

安安靜靜的巍峨

——讀向明的「煙囪」及其他

在藍星詩社中，詩人向明是屬於一個有其自我詩觀卓然有成的「溫和派」。他不像余光中那樣左右開弓、威風八面；也不像羅門那樣勇氣十足、自我肯定一定能進入歷史；更不像周夢蝶那樣，手持五朵蓮花，可是閉起雙目，想的卻是一些別的。……

試問在這樣的一個局面下，向明要想走出一條自己的路來，似乎並非易事。可是他並不急於去肯定什麼，以及塑造什麼，他衹是默默地、孜孜不倦地一直在詩的道路上行進着、探索着、開採着。

他，無視於別人的冷漠，
他，無視於別人的偏見；
他，無視於別人的調侃，

他，無視於別人的貶抑。

幾乎以他大半輩子的歲月，他都是在做在寫與詩有關的事。打從民國四十四年左右，他進入詩人覃子豪所主持的中華文藝詩歌函授班起，他對詩事就已十分謹愼起來了，覃氏的沉穩與略帶選擇性的保守，深深地影響了向明，是故從他早期的作品中，譬如「啊，引力，昇起吧！」其中有這樣的句子：「讓火焰的利刀磨亮，刺向夜幕的重幃」，依稀感染有覃子豪習慣性的語彙與氣氛。而他被選入「中國詩選」（彭邦楨、墨人主編，民國四十六年元月大業書店出版）的小詩「家」等三首，則頗有楊喚的「詩的噴泉」的餘韻。「家」是這樣寫的：

星的眼永不疲憊，因爲她有白晝的溫床
流水的歌最甜，她正趕赴大海母親的召喚
風這流浪漢是最悲哀的了
爬山越水的亂跑，故居却拋在相反的方向

雖然這些語彙，並不完全是屬於詩人自己的，可是在當時詩的讀物十分稀少的情況下，大家彼此互相影響互相吸納乃是極其自然的事。譬如那時候祇要大家發現某一詩刊上登載幾首好詩，一定奔走相告，爭相傳閱，甚至有遠從數十里外的營地，搭車上街去買那一份剛出版的詩刊，我依稀記得「南北笛」（民國四十五年，借嘉義商工日報版面）創刊時，那時我駐在大貝湖（現在的澄清湖），還特別在當天趕到高雄在書報攤上買了一份，那份喜悅之情實在是難以形諸筆墨的。中年一代的詩人，大抵都有這個經驗。而互相傳閱手抄名家的絕版詩集，更是司空見慣。我雖然與向明眞正結識的時間不算太久，據我推想大概他也有手抄別人的好詩的習慣吧！

截至目前爲止，向明計出版過「雨天書」，「狼煙」兩本詩集和一本「五弦琴」的五人詩集。以創作的量而言，他似乎不能與藍星詩社某些同仁相比，但就質而言，無疑他的成果是相當豐碩的。特別是近幾年他在創作上力求精進，早已爲詩壇某些有識之士所激賞。

下面不妨先談談他的「煙囪」——

沒有聲音
一條冒火的喉嚨
沒有聲音
一條污染了的喉嚨
沒有聲音
一條僵直了的喉嚨

也許下面在醞釀着什麼吧
總之
正正經經的
呼吸了這麼久
就是
沒有聲音

這首詩初發表於「藍星」詩刊新二號，後編入「八十年代詩選」，當初發表時，我曾捧讀再三，雖然祇有短短十二行，可是它給予我的感受卻是十分巨大的。也許是它深深擊中隱藏在筆者心靈深處的某些奧妙吧！

本詩以「沒有聲音」四字開頭，也以它作爲結尾。雖然語字相同，但是它們所誕生的意義則是有所區別的。作者起始用的「沒有聲音」，是直接形容煙囪的本身。雖然它經常冒火，經常汚染，經常僵直，畢竟它是「沒有聲音」的，誰叫它是煙囪呢？它祇是終年固定在那兒，它能有啥作爲。可是作者在每一句之後用了「喉嚨」二字，頓使這個僵化的固體顯得具有動感，彷彿有點擬人化了。事實上「煙囪」是都市工業的命脈，而以人爲一切的主宰。「人」堆砌「煙囪」，煙囪創造「工業文明」，這三者之間的關係，又如何能劃分得一清二楚呢？「也許下面在醞釀着什麼吧！」誰又能確切掌握它的眞正意圖之所在？它到底在醞釀着什麼？它到底能爲這個世界帶來禍福，帶來逸樂與悲苦，誰又能預言？作者最後以「正正經經的，呼吸了這麼久，就是沒有聲音」作爲結束，其實是相當犀利的調侃，也是莫可奈何，而這裏的「沒有聲音」，恐怕比開頭那四個字，更耐人尋味，因爲人活在這個煙塵滾滾的大千世界裏，明知一切是汚濁的、虛幻的，但也無可奈何，煙囪每天照樣冒它的煙，而人類（不分貴賤）每天照樣呼他的吸，其實這豈僅是「煙囪」在冒火，在僵直，我們每個人的喉嚨，不也是在冒火，在僵直，在不停的咳嗽嗎？

簡言之，這是一首相當犀利的批判物質文明的好詩，因爲這種題材不易寫，不是太「露」，就是太「隔」，作者在露隔取捨之間，應該是頗費思量的。

向明在經營語言時，頗爲踏實着力，他近年來的詩，幾乎都是如此。平白易懂，深入淺出，而仍能使詩味瀰漫，這不僅歸功於作者愼用語言，而其在創作時情感之斂放，更應佔絕對性的關鍵。

另如他的「瘤」（收入「現代詩導讀」），初讀前幾句，以爲他寫的眞是「瘤」，及至讀畢全詩，你才恍然大悟，原來他所捕捉的竟然是那閃爍不定的「詩」。詩是我們每個人身上的「瘤」，當你一旦迷上了它，你是鐵定眞的無藥可救了。所以詩壇有一句流行的口頭禪：「一日詩人，一世詩人」。這可不是鬧着玩的。

他的「靶場那邊」，也是一首相當明快的小詩，未讀此詩前，我以爲它一定會使我們的血脈賁張，可是結果適得其反。從「靶場那邊開始」，到最末一句「還有靶場」，作者所洩示的情感，似乎十分沉穩。靶場充其量祇是一個練習實彈射擊的場所，它並不等於是眞正的戰場，儘管「雲挽着雲在驚慌中逃竄」，儘管「子彈追着子彈在貪饞的交媾」，儘管「人與人排列着，朝着一個方向放槍」，可是在作者創作時的心境上，「靶場就是靶場」，它是無法翻江倒海的。「靶場之外還有靶場」，除了具有某些象徵性伸延的意義之外，我們又能作怎樣的解釋？

總之，「安安靜靜」，似乎是向明近年來創作的特徵之一。他一向不喜歡張牙舞爪，更不擅自我肯定，他知道自己的詩路應該怎樣走，他會一步一烙印地邁過去。

「有一種巍峨是看不見的
也是摸不着的
但它會真真實實地，讓你
聽到、嗅到和感覺到」

誰說，詩人向明現在所揑塑的，那不是一種與世無爭的安安靜靜的巍峨。

——中華民國七十年五月中旬於內湖

再生的汁

——談辛鬱的「金甲蟲」

在中年一代詩人中，辛鬱的「使命感」是頗爲壯濶的。特別是他的寫作範疇，也因生活圈的逐漸擴大，而呈現一片花紅柳綠的多重景致。

撇開他的小說、散文小品不談，僅就詩的創作一項而言，他的適度的產量，也令老友們欣喜，他自己曾在一篇自述性的文章中供稱：「寫詩迄今，大概通得過自己心靈審視的作品，不會超過十首」。從「母親啊！母親」、「同溫層」、「青色平原上的一個人」、「原野哦」、「豹」、「順興茶館所見」、「演出的我」……到晚近在聯合副刊發表的「金甲蟲」（時間之吟①），辛鬱踽踽緩緩的脚印，還是很鮮明地烙在一些有識讀者的心坎上。

「努力塑造自我的風格，且不排斥同行詩友的優點」。這大概可以約略表明辛鬱創作時的心境。其實在創作的路上，每個從事寫作的朋友，都有他自己行進的軌跡，雖然這個軌跡，不一定是直線的，有時跳躍，有時遲滯，但總會不斷地時緩時速地向前探索着。

一個眞誠的創作者，日積月累所追求的，就是如何把自己的詩寫得更好，你的語言是否確切創新，你的意象是否鮮明突出，你的節奏是否徐急自如，你的結構是否無懈可擊。而這四者，在辛鬱近期的作品裡，似乎都能揉合得很好，他的「時間之吟」（二題）諒是最具體的例證。

其一・金甲蟲

打右首飛來一隻
金甲蟲
打左首飛來一隻
金甲蟲
前前後後飛着的
金甲蟲
帶着尖銳的鳴叫
使生的痛楚
成爲永恒

時間的金甲蟲
密密麻麻的飛來
嚙蝕着生的綺麗
一點也不留情

詩人面對無限的時間，面對川流不息的滔滔的時間，內心的焦慮與不安是可想而知的。尤其步入中年之後，展開在他面前的詩的道路，似乎是很平坦，亦復十分的崎嶇，如果他不想更上一層樓，使自己創作的藝術品，更加燦亮更加深沉的話，當然他的創作表面一定是很平坦的；反之，如果他並不滿足目前的作爲，他希冀再去尋求其更好的創作方法與途徑，那末他的詩路，也許就不是這樣的單純了。中年一代詩人目前所面臨的創作課題可能是：他還能再繼續走自己的老路嗎？或者是另闢蹊徑。他應否把自己創作的視野擴大，而不必永遠固守這塊曾經耕耘過的苗圃。面對人類精神文明的日益潰敗，物質文明的急驟擡頭，一個詩人應如何塗抹清洗此種虛浮不實的觀念，讓他的詩眞正變成一記宏亮的鐘聲。然而可能嗎？在對人性不斷挖掘與剖析這幾點上，我們又該如何去展示自己獨具的創見呢？前面所舉「金甲蟲」，大概就是辛鬱透過一己十分澄明的觀察之後所發出來的眞正的聲音。

「金甲蟲」全詩一共祇有十三行，前面九句以金甲蟲的動作，聲音，來預示時間的流逝，不管牠自何處飛來，左首還是右首，前面還是後頭，其實牠們面對龐大無匹的時空，一些飛來飛去的金甲蟲，又算得了什麼？換言之，人生活在這個雲雲霧霧的大千世界裡，儘管你跑得再遠，跳得再高，你也無法穿出時間的界限。生命，本就是一種無法言述的痛楚，那是看不見的也是摸不着的痛楚。但是我們既然不聲不響地來到這個世界，總得爲這個世界釀製一些甘美，一些情趣，一些悅樂……。作者在第一段中也可能另有暗示，卽是大家都在拚命追求自己的理想與目標，是不是也像金甲蟲一樣到處亂鑽、亂飛、亂闖呢？尤其人到中年之後，把一切看得更透澈了，惟有對時間的捕捉是最敏感的。嘆年華之流逝，以及個人之一無所成，而無端地發出像作者那樣的慨嘆，乃是很自然的事。「金甲蟲／帶着尖銳的鳴叫／使生的痛楚／成爲永恒。」前面筆者指證過，痛楚有時是與生俱來的。卽使金甲蟲不在我們眼前亂飛，不在我們耳畔鳴叫，我們依然會感覺出時間是一去不復返的，祇是作者用金甲蟲來比喻時間，見證時間，使我們猶如親身觸及，儘管某些物體再銀亮，再堅固，可是它也無法擋住時間的脚步啊！所以作者在第二段中才有這樣的詮釋：「時間的金甲蟲／密密麻麻的飛來／嚙蝕着生的綺麗／一點也不留情」。因爲作者發現，我們曾經有一段很長的綺麗歲月，可是怎能經得起金甲蟲不眠不休的嚙蝕，我們到頭來勢必要學做江上的清風，山間的明月，人生何其匆匆，這樣一代代的來，一代代的去，時間的金甲蟲眞的會給我們留下一些標記嗎？我想，作者企圖在本詩中詮釋一些什麼，甚至捕捉一些什麼，無奈時間永遠是那麼平平靜靜地走過，我們還能再說些什麼呢？

在語言的運用上，這首詩是相當的精省。一開頭，作者即直接切入他所要表現的對象，使讀者以親身去經歷作者所創造的情境——一種相當惱人而又十分矛盾的情境。它們甚至是不需述說的，你祇有去感去悟它們，也許會有某種意想不到的收穫。……

在節奏上，它們是屬於中速度，雖然前段有三個「飛」的動作，實際上，這些「飛」字的節拍，以我讀詩的經驗，它們似乎從從容容，不急不徐，開始四句略慢，從第五句開始，稍稍加快，因爲那在作者眼前飛舞的，已經不是一兩隻金甲蟲，而是一羣羣的了。第二段的「密密麻麻的飛來」與第一段的「前前後後飛着的」有首尾相呼應的感覺。它們在音響上的效果可能是不同的，前者略爲快速，後者稍爲深沉。從節奏上，也可體驗得出作者對時間的敏感與負荷量，是愈來愈沉重了。……

作者有意讓「金甲蟲」在時間的地平線上突出、閃現，相信是有其最牢不可破的理由，那就是所有具備金亮的、堅固的形象的生命，應該可以使之導入永恒。且讓詩人永遠年輕，且讓時間的乳液永遠新鮮，即使如作者自嘲是一杯再生的汁，我們也不能輕易把它冷卻，把它扔棄。

——中華民國七十年六月上旬於內湖

解鈴還是繫鈴人

——試品彩羽的「風鈴」

在中年一輩的詩人中，彩羽的詩齡是相當高的，大概在民國四十三年左右，他就開始在報章雜誌上發表新詩創作了。

民國四十五年元月十五日，詩人紀弦在臺北創立「現代派」，彩羽的大名赫赫然列入該派第一批公佈的名單之中；五十三年創世紀詩社改組，彩羽被聘爲社務委員；五十八年詩宗社成立，他又是一員扛大旗的猛將。總之，這一生他除了拿槍桿的歲月以外，大部份的時間都投入詩的寫作與詩的活動之中。

彩羽和所有寫新詩的朋友們一樣，開始創作時也曾經過一段不算太短的研習階段，直到民國五十年，他發表的一系列作品，諸如「波及」、「太陽的神話」、「破象」、「零度」、「過濾之石質」、「泉、五月之水的」、「變異的光輝」等等，讀者已可明晰地看出他的精神狀貌愈來愈嚴肅，愈來愈深沉、愈來愈能撞擊人們空虛的心靈。洛夫曾評說他的「過濾之石質」是表現了一種偉大的死的感覺；瘂弦則認爲他的「破象」是複寫了「荒原」（T・S・艾略特名詩）裡某些乾燥、殘碎、無聊的感覺，可是經過作者十分圓熟的吸納與揉合，它也不自覺地噴射一種人性的光輝。

彩羽的的確確曾經熱愛過，轟轟烈烈戰鬪過，辛辛苦苦生活過，他的詩是對現實的執着，是對黑暗的抗議，是對人類精神文明的詮釋。就文字言，他喜歡口語；就情趣言，他喜歡一股淡淡的神祕與驚喜；就表現言，他喜歡以散散的句子，去轉接、變異、化合他那十分繁富而又跳躍的意象；就技巧言，他喜歡現代的語彙，現代的節奏甚至現代的一切……。

然而不可否認的，彩羽也曾經在「超現實主義」的號角下與「現代主義」的風浪裡迷失過一陣子。

但是我們今天來看彩羽的詩，特別是他最近在報紙上發表的一系列詩作，讀者不難明瞭他的詩風已經有了相當幅度的轉變，早期的堆砌與過份傾向晦澀的毛病已不復見，他是那樣不急不徐地，甚至清清淺淺地在寫他的詩，那些意象晶瑩明澈如鏡的小詩。「風鈴」一詩就是一個典型的例證。

午後的秋風

又在輕輕敲着我的窗扉
隱隱地，頗有些兒
像是一陣子小小隱隱的地震

我悄悄把窗門拉開
請它進來，再去看望
長空裡的——那一片雲
究竟是怎麼飄的？

一片葉子
在我的階沿落下，無人拾起

我將一隻果盤取來
從一隻水梨的肌膚裡
我讀到了——那雪的寒冷
而叮噹叮噹的

總是那飛簷之下的風鈴

這首「風鈴」刊於去年十月廿一的「中央副刊」上，老友們讀了之後極爲驚喜，曾經一致發出心靈的掌聲：「一個新的彩羽又復活了」。

許是我們已經邁入中年，對於故鄉的景物特別敏感，「風鈴」，在我們的記憶裡是很深刻的，不論是大陸的北方或南方，當我們還在孩提時代，誰不喜歡那垂掛在屋簷下叮噹叮噹作響的風鈴呢？

詩人彩羽獨自寓居臺中一個十分靜謐的閣樓上，與世無爭，那間小屋子堆滿了詩書畫，正好他的窗口就掛了一串小小的風鈴，雖然寶島的風鈴，比不上大陸的玲瓏精巧，但詩人觸景生情，把他心中的感受，藉詩的藝術形式表現出來，自有另一番滋味。

第一段，從「午後的秋風」開始，點出節令，秋天本來是很蕭條的，詩人的小閣樓本來是很安靜的，而秋風輕敲詩人的窗扉，顯然是把那種孤獨的氣氛給破壞了。但是詩人樂於秋風的造訪，他形容那是一種小小的「地震」，因爲他太孤寂了。這個「地震」一詞，筆者有幾種解釋：其一是形容風鈴被秋風吹打着，它搖搖晃晃的，彷彿有一種輕微地震的感覺。其二是屬於作者心理上的，由於秋風輕敲窗扉，風鈴作響，使作者宛如置身一場小小的地震。其三，這小小的地震，如果是眞的，對作者而言，何嘗不是一種突如其來的小小的驚喜。

緊接着第二段，作者把秋風擬人化，他拉開窗門，請秋風進來，再去探望長空的雲朵是怎樣飄來飄去？這一節他採用探詢的口吻，雲是怎樣飄的，風是怎樣吹的，以此更可顯陳人世間的瞬息萬變，是不是像風雲一樣難以捕捉。詩人能夠驅策風雲常駐他的斗室，陪他悄然入夢嗎？

第三段「一片葉子，在我的階沿落下，無人拾起」，任葉子悄悄墜落吧，任葉子無聲無息地安睡吧，我又何必一定要拾起它呢，這兩句似乎詮釋了詩人的「生命觀」？

第四段，詩人取來一隻果盤，彷彿是從水梨的肌膚裡，撫摸到雪的寒冷。嚴格說來，這一段才是本詩的核心，才是作者表現的焦點。從開始的「秋風」、「雲影」、「落葉」、「水梨」而漸次觸及雪的景象，這是作者刻意巧妙的安排，我們在寶島待了將近卅年，除了冬季上合歡山，誰能抓一把啃一口那冷澈肺腑的雪呢？

所以最後一段，作者才會如夢初醒，無限深情地說：「而叮噹叮噹的，總是那飛簷之下的風鈴」。祇有那風鈴的叮噹聲，才使我們悄然入夢，才使我們興起對故國山川風物無限悠長的懷念，此情此景，眞是令人不勝掩卷唏噓！

讀一首好詩，如品陳年佳釀，彩羽的「風鈴」，的確是近年來現代詩的佳作之一，也許筆者的品析並不週延，那麼「解鈴還是繫鈴人」，我們何妨聽聽作者對這首詩的自剖。

——中華民國六十八年元月卅一日深夜於內湖定稿

冠蓋滿京華

——談六位年輕人的詩

小引

不知從何時開始，中國現代詩壇有所謂「年輕一代」的出現。事實上，從民國四十三年十月，筆者和洛夫、瘂弦等人創辦「創世紀」詩刊時，就被當時日正中天的詩人紀弦、覃子豪等視爲最年輕的一輩。如今經歷過廿餘年這麼悠長的歲月，其間又不知出現過多少年輕的創作者，眼看他們萌芽、茁壯、升起，以及如曇花般的萎謝……。

然而，無可否認的，「年輕的一代」確實是存在着的。依據詩史的考察，中國現代詩壇的現況似乎是三代並行。即——

●年長的一代：

紀弦、鍾鼎文（前期人物，六十歲以上）
方思、林亨泰、羊令野（後期人物，五十歲以上）

●中年的一代：

洛夫、鄭愁予、余光中、商禽、羅門、辛鬱、大荒、碧果……（前期人物，四十歲以上）
葉維廉、方莘、王潤華、夐虹、葉珊、藍菱、林綠、翱翱……（後期人物，卅歲以上）

●年輕的一代：

沙穗、季野、蘇紹連、羅青……（前期，卅歲以下）
溫瑞安、苦苓、羅智成……（後期，廿五歲以下）

上列名單祇是一個抽樣，中國現代詩壇正因爲不斷地出現更年輕的創作者，所以才顯現一片「冠蓋滿京華」的熱烈景象，實由於此，使我對中國現代詩充滿無限的希望與信心。

下面所介紹的六位詩人，他們的詩風互異其趣。

汪啓疆

——一顆飽滿的心靈

民國六十年元月，筆者和管管、沈臨彬在左營創辦一個四開報紙型的「水星詩刊」時，汪啓疆的一輯處女詩作「青塵及其他」，就是發表在這個詩刊第一號的第一頁上，當時編者對他的評語是：『當汪啓疆在其處女詩作「燈的血」中詠出：「燈下，你把許多頭顱，花仔般插向借來的眼睛」時，我們業已認定這個年輕小伙子的不凡的才情，雖然他的某些語言稍嫌青澀，但相信時間會補足一切。』……

以後，汪啓疆的一系列作品，每期均在「水星」上出現，使讀者對這個年輕的小伙子不得不另眼相看。民國六十四年高雄三信出版的「新銳的聲音」（「當代廿五位青年詩人作品集」），計收入他的月之詩、馬蹄、飛花二帖、鳥、焚、匕首之一、水之詩、找姓名的人等十餘首，可以說是他水星時期全部作品的精華。

> 烟乃是雲的一種解釋
> 酒乃是河的一種聲音
> 無衣的輕薄就那樣整個倒身向你
> 終使床榻處於非嬰非父的尷尬
> 停舟吸吮非鄉非故的沉默
>
> ——月之詩

作者頗能抓住語言的神髓，把一些似乎並不統一和諧的語字，經過一番巧妙組合，使其產生相當大的歧義的效果，從而擴展讀者想像的空間。他表面上詠的是「月」也許就是作者自己，一種淺淺的惆悵，無限茫然地染織着他那不到卅歲的頗爲複雜而又繁富的心靈。

作者的創作力是很強旺的，從他在「水星」上出發，歷經「創世紀」、「山水」、「詩人季刊」、「消息」、「大海洋」、……等等在這八年的創作生涯中，他大概已有三百首以上的作品投入詩壇，下面玆摘錄「梨花墳場」之一節，讀者當可想見他的語言是愈來愈有「餘味」了。……

……

和鳥兒們談的
梨花
正打在她臉上
我的頭髮更黑了
我的井
更深
我墳頭上的梨花樹
嘿嘿的
發出笑聲
她腰上

掛着一根帶子，但
她的臉上
正吐著
美麗的小舌

這是一幅多麼淒涼而又燦爛的人生的畫面。他的詩也許就是一片「美麗的小舌」，向廣漠無際的現代詩的草原吮吸着。

「梨花墳場」祇是作者創作世界的一個開端，而非終結。展開在他面前的詩路極爲遼闊，願這個在我心目中永遠年輕的小伙子，勇敢地大踏步地繼續追尋下去吧！

下面，再看看他的「孿生」，作者是怎樣處理他的感情與夫十分躍動的意象。

他一直在沉默地愛——
愛我喲，等待一出現，他
就向我走來，認真學我的
姿態。那麼像啊，像得竟包括著相同的
喜樂與憂苦。我就恆以兄弟的
宿命來回顧兩人共同營造的日子。

我們是學生兄弟。
他常將自己擺在我相對的位置，任我
一再把他撥弄……算珠般撥弄出清晰的
自己。讓我認識他祗是我內裏奔出的虛像
以共同的名字，共同的秘密
我們彼此互愛。世界無人較他更爲似我
冰涼的血液消除了冷冽的距離
由他體內緩緩的流向我。

汪啓疆在創作上的狠勁，在年輕一代中是很聞名的。他喜歡嘗試各種體裁，由於他的生活經驗特別的豐富，我主張他把握自己的優勢，努力創作更其輝煌、更其堅實的詩篇。

渡也

——記拔尖的高音

寫詩、寫散文、也寫評論，現就讀於中國文化學院中文系三年級的渡也，的確是一位後起之秀的「三棲人物」。

提起他的竄進詩壇，那是民國六十年他在嘉義高中時候的事。當時，由筆者、管管、沈臨彬在左營創辦的「水星詩刊」，就是渡也和嘉義一羣年輕詩友爭相投稿的處女地。「水星」最大的特色就是努力發掘並大量刊載年輕一代的作品。

渡也在「水星」每期都有作品發表，也就是說，他的才華在「水星」上初次得以展露，以後出版的「新銳的聲音」（當代廿五位青年詩人作品集），渡也入選作品幾乎全部選自「水星」。而渡也自從來到臺北求學後，也不時和詩友們談起，他最值得懷念的還是我們發行「水星」的那段歲月。

渡也有一首非常突出的作品——「雨中的電話亭」，就是在「水星」第六號（六十年十一月）發表的。

突然
以思想擊響閃電的
鮮血淋漓的玫瑰啊
凋萎

這首詩被好幾個詩選選入，他把「雨中的電話亭」一剎那的景象抓得很準，讓我們感受到一股小小的思想的風暴，突然而勇猛地錘擊着我們的心靈深處。

渡也的詩最大的特色，就是他在處理意象時，非常落實有力，他的語言雖屬迂迴地蛇行，但都是爲了呈現詩中某些意象而作最妥貼的安排。他擅長散文詩的寫作，恐怕是自商禽以後出現的最年輕最優秀的散文詩選手之一。

我對渡也的期望是：他今後在題材的選擇上似乎可以擴大，作多方面的試探，而不僅限於呈現一刹那景象的小詩。

「我是唯一的高音」，這並不是女詩人夐虹的專利品，渡也也是年輕一輩的高音，但看他今後怎樣擴張他那無窮的音域了。

季　野

——一支受傷的牧笛

季野寫詩的歷史，也不過六七年的光景，他和渡也一樣也是在「水星詩刊」上發跡，從而奠定今天他在年輕一代詩人中的位置。

他的有名的「宿營」一詩，原刊於「水星」第三號（六十年五月），該詩一出現，立即獲得很多年輕詩作者的鼓掌，也成爲中年一代詩人閒談的話題。原詩是這樣的：

行離早晨
就入鎮市
行離鎮市
就是正午
行過正午
就是鄉野
行去鄉野
就是下午
行過下午
就是森林
行出森林
就是黃昏
行盡黃昏
就是亂葬崗
行入亂葬崗
就是初夜

行經初夜就
宿營
夜半那人倏地起身以刺刀瘋狂的掘着身旁的
荒塚且興奮地喊着：
我聽見了
我聽見了
我聽見了那美好的脈搏跳動的聲音
在黑靜的夜裡
那聲音不斷伸展
延
長

這首詩所呈現的秩序是非常的明晰而又有條理。借用渡也的話，就是「同方向雙線漸增」，時間與空間在「宿營」中同時流動與延展，披瀝一個愛好文學的青年軍官在行軍與宿營時所感受到的一切……。

季野的開始飛躍，「水星詩刊」是最初的階梯，「詩宗」與「創世紀」才是他發表更多佳作的根據地。譬如「羈泊篇」、「琵琶記」、「緣溪行」、「佛手」、「石榴」、「鳳梨」……等等，這些詩也更展現了季野創作的多面性。民國六十三年十一月，他獲得創世紀詩刊廿周年詩創作獎，該刊對他的評語是：「季野的詩輕柔中帶有蒼鬱，常在寂靜中突然爆出一閃灼熱的火花，他如一支曠野中的牧笛，韻律輕快而又淒涼。」確屬中肯之論。

近年來，季野由於本身工作的繁瑣，加上「消息詩刊」的編務，以及悉心照顧年邁體弱的母親，所以甚少創作，但願他能狠心地擺脫一切，繼續努力從事最艱困的創作，拿出更爲震懾人心的作品。

許茂昌

——一片交響的風景

「詩是這個世界的另一隻眼睛，透過這隻眼睛，萬物便以另一種更美或更深或更有生命的姿態向人類的瞳孔撲來。

一句話經過筆尖濾過一千次便成爲詩」。

在本年九月號的「幼獅文藝」上，許茂昌表達了他以上對詩的看法。

對於這位頗有才氣的年輕人，我的期望是十分深厚的。或如他自已供述：「詩是人性而非理性，是血肉而不是岩石」。所以他的許多詩都是從這一創作觀念出發。譬如「哭泣的湄公河」（

寫越南戰爭），「妳的溫柔海拔三千尺」（寫女人的善變），雪（寫性），「秋札」（寫戀）……。

許茂昌不同尋常的特色，還是在於他所創造的語言。他的詩常是清清淺淺的，活活潑潑的，柔柔順順的於不知不覺間進入你思想的頻道。以下不妨摘出一些句子：

我背着手
看宗教從塔尖
一片片
剝落

——黑色領結

只那麼輕輕擦幾下
便從剛剛坐下來
並且發着楞的
鞋子上，擦出一個
春天

——擦鞋童

花生殼上
啤酒張着嘴
沉思

——小店

許茂昌作品中有太多關於女人的題材，年紀雖輕而表現令人驚喜，願他能夠突破主題的習慣性，嘗試各種題材各種風格的寫作，並濾去目前某些詩中輕微的敍述性，強固語言的張力，中國現代詩壇爲他舖設的道路相信是最寬濶的。

蘇紹連

——面驚心的鏡子

蘇紹連的崛起，不過是近六年間的事，較之年長的一輩，他更富有某些特具的敏感。譬如他在「消除詩中的文意」（見「創世紀」詩論專號）一文中，就曾慨嘆某些詩人慣常運用散文的意義性去寫詩，去迎合羣眾，並也鼓動年輕詩人求變，變成一些只表現散文意義性的詩人。這番見解實在是發人深省的一記鑼聲。

如果一位現代詩人不事創造，不講求語格的變化，不講求意象之繁富，不講求形式的創新，不講求詩素之濃度，他的詩怎能懾服讀者，怎能在詩的旅程中發出激越的廻響？

正因爲蘇紹連有此覺醒，所以他一開始創作時，就深知錘鍊語言、塑造意象、創新形式、稠密詩質的重要。特別是他近年來在「幼獅文藝」發表的「風雨中的太陽」一輯，和在「創世紀」、「詩人季刊」發表的「驚心詩抄」，這些詩眞是光芒四射，把讀者的心靈都燃亮了。茲舉「七尺布」一詩如後，當可窺其一斑：

母親只買回了七尺布，我悔恨得很，爲什麼不敢自己去買。我說：「媽媽七尺是不够的，要八尺才够做。」母親說：「以前做七尺都够，難道你長高了嗎？」我一句話也不回答，使母親自覺地矮了下去。

母親仍照舊尺碼在布上畫了一個我，然後用剪刀慢慢地剪，我慢慢地哭，啊！把我剪破，把我剪開，再用針線縫我，補我……使我成人。

商禽讀了這首詩後，曾感慨系之對他的好友辛鬱說，蘇紹連的這輯散文詩，實在寫得太好。筆者也認爲這輯詩給予詩壇的撞擊力，實在是難以預卜的。或如「創世紀廿周年紀念詩獎」給予他的評語：「蘇紹連的出現，意味着中國詩壇一種新的可能，他利用多變的意象，和戲劇性的張力，爲現代人繪出一顆受傷的靈魂。」

他眞是一顆受傷的靈魂嗎？他眞是一面驚心的鏡子嗎？相信時間和歷史是最公平的審判者。

陳　義　芝
——一幅傳統的旗幟

詩是一隻能言的鳥嗎？

當其在無限的時空裏，不時發出琮琮琤琤的管弦絲竹之音，誰說不是。

從民國六十一年薄薄的有點寒酸的「後浪」詩頁開始上路，到今天亭亭玉立大力飛躍的「詩人季刊」，青年詩人陳義芝邁過來的歷歷脚印，旣是輕快的，又是沉重的；旣是興奮的，又是苦澀的。

誰能預卜，詩的終極究竟在那裏？

我相信，凡是一個具有閱讀詩的能力的讀者，從陳義芝的作品中，一定不難發現他的某些十分顯著的特色。

他是一位徹頭徹尾的中國詩的「抒情傳統」的維護者。

中國古典詩已有幾千年的歷史，就我個人閱讀古典詩的印象，不論作者抒小我之情或大我之情，不論是譏諷的或頌揚的，皆離不開「抒情」的範疇。說得更明確一點，敍事史詩在中國古典詩史上並不多見，譬如白居易的「長恨歌」、杜甫的「茅屋爲秋風所破歌」、李商隱的「韓碑」

……充其量也不過是「敍事詩的小品」而已。所以在中國現代詩的領域裏，敍事史詩似乎尚未出現，而陳義芝也未曾想到要走這條路，他祇是在他自己的小宇宙裏，儘量凝儲自己的感情，佈達自己的詩觀，從而發爲眞摯的吟哦，他寫「塵緣」，「蓮」，「採藥的人」，他寫「思舊賦」，「新養鴨人家」，「車站印象」到「出走的山林」……儘管題材不同，字語互異，當我們細細玩味，他還是沒有抛卻「我」的界限，他把中國詩的抒情傳統緊緊擁抱着，亦如子夜的寒星深深眺望着遼夐的天宇一般。下面特羅列一些詩句以爲佐證：

翩然
飛出一隻蝴蝶
草莢裏掙出一朵花

——戀

舞着蘆葦的風姿
順臉頰流下
凝成脣邊的一顆鹽

——淚花

石頭記載着悠悠的生命
更鼓迴響在你心中

無法不憶起曾經杳逝的江水
仍然走不完
回家的路
走不完一卷歷史那樣長

——塵緣

猛抬頭
一隻墨綠色的麒麟，傳說般
飛上老酋長的臉

——思舊賦

回首千里草莽
赫然陳屍
一張演出的海報

——山神祭舞

——出走的山林

讀上面這些詩句，可以清楚看出他深受中國古典詩的影響，其實祇要不是「以音害義」，這又有什麼關係呢？我覺得陳義芝的詩，特別是上面所摘出的一些詩，在音韻與意象方面，可以直追鄭愁予的「凄美」，隱約臻至阿保・布勒蒙（A. H. Bremond）所指的「抒情的出神狀態」。它們不僅宜於閱讀，如果透過適切的朗誦，可能效果更好。

一個優秀的詩創作者，他必需努力征服面前更多的崎嶇，他必需涉獵更多的題材，他必需實驗更多的技巧，他必需塑造更新的語言，他必需不斷的檢討以及不斷不斷的挖掘，也許最後終會尋得一條——永遠屬於他自己獨自開採的路。

要攀登中國現代詩的極峯，也許比登陸月球更難，但作爲一個詩的創作者，怎能畏縮不前呢？在不斷尋求「超越自我」這一點上，陳義芝一定能在當代詩壇留下一個鮮明的脚印。

詩是一隻能言的鳥嗎？

當某些具有高度抵抗性閱讀能力與批評能力的詩讀者，他們一致把視覺焦點深深注入「詩人季刊」年輕而有才華的一羣，我堅信在未來各個寫作的長程上，陳義芝的「詩聲」一定是很高亢的。

結　語

總而言之，上述六位詩人，汪啓疆追探飽滿與眞摯，渡也塑造奇拔的意象，季野佈建嚴謹的秩序，許茂昌掌握飛躍的語言，蘇紹連展示犀利的觀察，陳義芝發揚抒情的傳統，這些都是十分可貴的，每每促使他們在創作上完成自己的新風貌。

除上述六位詩人外，另如陳家帶、苦苓、林興華、掌杉、羅智成、沙穗、翔翎……諸人，他們的詩也各有其特色，或因創作時間過短，或因某些作品在表現上未盡讓筆者瞭悟，故未便貿然論列。「江山代有才人出」，說不定領中國詩壇未來風騷的就是這批年輕人。

——中華民國六五年九月十八日脫稿於內湖

繁富高雅的風景

——談中年一代女詩人的詩

我以爲在中國現代詩壇，中年一代女詩人作品的風貌，普遍呈現一種繁富高雅的景象。假如沒有這些持續不懈的創作者，很顯然地當代女詩人的陣營會大大地削弱。……

本文主要試圖從各種角度探討她們創作的精神風貌、語言、節奏、意象，以及其他技巧。這些被討論的女詩人是羅英、劉延湘、鍾玲和淡瑩。

一般來說，她們的詩齡約在十四年到廿五年之間，她們每個人都有豐富的創作經驗，甚至可以這麼說，在中國現代詩的發展過程中，她們是少數夠資格的目擊者。……卅多年來，現代詩在臺灣的慘淡經營，歷經內憂外患，不知依賴多少有心人前仆後繼，不計個人得失，才創造了今天這種千紅萬紫的局面。而中年一代的女詩人，她們也曾貢獻出一己的心力與智慧，至少，由於她們不懈的創作，而引領更年輕一代女詩人的不斷出現，就是一項無可預估的豐收。

有人說：現階段女詩人的作品，大體都具備了一種「淡雅、婉約」的韻致。我想這個評斷是很公允的。這多半與女士們的性格有關，女性中不是沒有長江大河般的人物，但這種特例較少，特別是喜歡舞文弄墨的女孩子。那麼「淡雅、婉約」是不是可以作爲現階段所有女性詩人的標誌呢？這個答案當然是很難肯定的。理由之一是「風格是自我的完成」。——一個作者爲了達成她創作的目的，塑立自己獨特的風格，她必須對自己創造的詩體付出相當大的耐心，甚至求取多方面的實驗，以及實驗再實驗，因爲何者爲成功，何者爲失敗，在作者一個作品未完成之前，她是不得而知的。卽使她的作品完成之後，她自己也難以肯定，這篇作品是否成功。她必須等待來自各方面批評的聲音，但有時也許一點聲音也沒有。……理由之二是「特殊經驗世界的佈建」。每個人的生活背景不同，家庭環境，學校教育，乃至社會的感染，個人的嗜好等等都不一樣，以上這些直接或間接對一個人的生存空間，自然所產生的相關的影響，因此她發爲吟哦而成詩，一定有其個殊的面貌與夫自我的經驗世界。譬如有些女詩人，她對小動物特別偏愛，自自然然她的詩裏會出現狗貓之類，有些偏愛荷花、木棉花、水仙、鳳尾草……那麼她的詩裏也會出現這些植物的影子。當然也有的發抒個人隱祕的感情，譬如她對男女私情特別敏銳，那麼她抒發這一類的題材，一定是得心應手，游刃有餘。……其實，女性詩人的創作題材也是多釆多姿的。不論她們對花鳥蟲魚，山川風物，甚至個人的情感經驗，不時作諸多層次的宣洩，但我們所看到的仍是作者那些芳郁或者苦澀的文字。作者是否在一首詩裏，把她的文字寫活了，可能關係到一首詩眞正的生命。基於以上兩點粗淺的認識，我們可以這麼說：「淡雅、婉約」確是大部份女詩人的風貌，但在此一概括性的精神層面籠罩之下，當然還有其他的風貌。……究竟這批中年一代的女詩人，她們所塑造的風格與形象是些什麼呢？下面不妨一一分述之。

●羅英，雲的捕手

民國四十五年元月，當紀弦創導的「現代派」赫赫然公諸於社會的時候，在加盟的八十餘人當中，即有羅英的名字，可見她的詩齡是很高的。而那時羅英還祇不過是一個十六七歲的黃毛丫頭，她之所以參加現代詩派，也不過是湊湊熱鬧而已。古人說：「文從扯裏起，詩從哼裏來」。誰喜愛文藝不都是抱着玩玩心理，可是玩久了，也就上癮了，而終於達至不可收拾的地步。

羅英從一個黃毛丫頭，寫到現在眼角已經拖着細細的魚尾紋，少說也有廿五年的歷史了吧！她的風格也從早期不得已的浪漫情調，走向近期略帶知性的透明，當然在創作的層面上，她的感受是很深很深的。

早期，她的詩在語言的搖籃裏，有着頗爲稚嫩的抒情的韻味。譬如「月光」的憂愁，「最後的石榴」的無奈、「黑夢」的意興闌珊，以及「魚」的悲哀和無助。……她寫這些詩時，可能還是一個水綠的少年，但是已可讓人預知，她未來的創作世界，可能是相當璀璨的。

她早期爲詩壇所傳誦的一首「月光」，的確充滿了閃爍玄奇的意象，使人沉思。原詩第一、二節是這樣的——

空氣的乳房裏的
花藻的瞳孔裏的
雲彩的心臟裏的　月光
流過　我與我的期盼之頸項
在時間的額上
憂愁　恣意地　開放
……

不論在音節上、意象上、語言上，它們都是那樣率眞地感動我們，使我們再三吟誦，不能自已。以致我們尋求對它的解釋，都覺得那是次要的事了。羅英的詩，非從習慣性的語言開始，她喜歡直接切入她所描繪的對象，從浮游不定的意念，漸次臻至作者心中所造的那層詩境。它祇要你去讀它們，去感受它們，去擁抱它們，去吸吮它們，以你全部開放的心靈，而不是要你怎樣去解釋它們，分析它們。

近期，羅英在語言的運用上，又有更上一層的表現。她摘取最少量的字，企圖作更大更深的突破。「髮」是見證之一——

你將那麼濃密的
夜
梳成
髮的模樣
梳成
被黑所淋浴的
一朵哀愁
聽風在髮叢間奔跑還
渴想種植一畦
玫瑰色的
死亡
燭光流過來了

流進溫熱的髮
是血的脚步
那樣
燭光流進來了

從這首十七行的近作，可以窺探她在語言、節奏上的建樹。首先，語言本身是用來表現的，而非敍述的。如「你將那麼濃密的夜／梳成髮的模樣」。設若語言不經過作者這樣的變調，可能一點味道也沒有。……其次，節奏的復沓感使人滿足。如第十二行與第十七行同是「燭光流進來了」，雖然祗有一字之差，可是在讀時的感受上，應該是前後判然有別的。其三、作者借「髮」而流露出自我在某一個夜晚的心情，她暗示「髮被黑所淋浴」，「燭光流進溫熱的髮」，以及「風在髮叢間奔跑」，……這些輕輕襲人的意象，實在是很鮮活的。如果我們一定界說某一句是某一層意義，把它解釋死了，那麼這首「髮」也就一無意義。我們讓「髮」的本身去與時間對飲，讓時間去解釋「髮」，讓「髮」不斷不斷地在讀者的心中生長，不是更有意義嗎？

羅英的詩的最大優點，也就在於不是以詩的語言本身去解釋詩，你能捕捉天上變幻無常的雲嗎？阿門。

●劉延湘，醉的景緻

劉延湘崛起於當代詩壇，大概是民國五十年左右的事。一開始起步，她那淡遠的調子，清新的風格，與夫焦慮而又游離的氣質，頗令當時不少的詩讀者側目。她早期發表的「四十字底小詩」，確曾傳誦一時，原詩抄錄如下：

囈語着底
帶着冬日黃昏重量底
輕輕在顫動着底
霧
昇起了
低低的天上
是
一些些兒星　一些些兒雲

那種清淡的調子，脫俗的風格，明媚的語言，立即把不少詩讀者的眼睛擦亮了。

民國四十七、八年左右，臺北一羣寫現代詩的朋友，他們經常在一起小聚，劉延湘也經常徘徊其間，她與鄭愁予、羊令野、李莎、楚戈……等人都建立了很深很純的友情。當然她之所以寫詩，或多或少受了這些寫詩朋友的鼓勵與影響。當時的「現代文學」、「創世紀」、「藍星」，正值旺盛之期，劉延湘的詩作，也就陸續展示在這些刊物上。除用本名外，她另外又取了一個「吳蕪」的筆名，這是當時寫詩的朋友都知道的。她的觀察力相當敏銳，所以她一開始發表詩作，就讓人目不轉睛。作者是研習西洋文學的，對西方詩的接觸，大概可以從原文直接感受其神髓，可是展現在她的作品裏，卻是諸多的東方風味，中國情調，甚至在技巧上，也未見感受太多西方的影響，我想這大概得歸功於作者的約制功夫吧！

作者的語言，一向以簡鍊取勝，除非必要，絕不作冗長的陳鋪。其實一個優秀的詩人，大抵都在語言上痛下功夫，如果她能使語言運轉自如，連帶而來的意象、節奏諸問題，也可迎刃而解。

茲以她的近作「醉」與大家共賞——

陽光請用你溫柔的手
再斟滿我底杯
當席終人散
收拾起了一桌子的杯盤狼藉

乾乾淨淨地
不剩一片雲
就讓我伏在這綿柔的
紫色山脈
睡它一個舒服的長夏罷
醒來時
顫抖如秋葉
我底唇啊
是否還沾有
去夏歡樂的泡沫

這首不規則的十四行，可能寫的是作者充滿甜美的愛的回憶，然而全詩卻找不到一個愛的字眼，這也許是作者刻意的安排吧！

第一段九行，從「陽光請用你溫柔的手——睡它一個舒服的長夏吧」，這其間經歷了一些相當纏綿而又歡樂的過程，不然詩中怎會出現「席終人散」，和「一桌子的杯盤狼藉」之句，顯然作者是把大自然和親人攪和在一起，終於她自己也在那綿柔的「紫色山脈」裏沉醉了。她不是在盡情地吸吮愛的清芬嗎？

第二段從「醒來時」，她又跌回現實，她形容自己當時顫抖的心情如落葉……最後以她底唇是否沾有去夏歡樂的泡沫而結束。

讀畢全詩，讓人感覺餘香猶在，難道這不也是作者所特別釀製的情趣嗎？

最近，劉延湘特別想嘗試敍事詩的創作，她的那首「希臘悲歌」，描繪阿多尼思死而復活的故事，十分率眞動人，詩的道路是靠人走出來的，在面對今後創作素材的選擇上，劉延湘一定會有她自己獨特的主張。

●鍾玲，根的苦澀

在現代詩壇，鍾玲可說是一位具有多方面才具的人物。她寫詩、寫評論、寫散文、也寫劇本，年前她單槍匹馬訪問美國當代大詩人王紅公（Kenneth Rexroth），更是說得淋漓盡致，令人大快朶頤。

鍾玲之引人注目，首推她於民國五十六年在「現代文學」卅二期發表的「余光中的火浴」一文，由於她的率眞建議，而導致余氏重寫「火浴」一詩，傳爲詩壇佳話。其次，我國的行吟詩人寒山，在美國大行其道，鍾玲又對寒山發表精闢的意見，而造成國內研究寒山的高潮。

其實，作爲一個詩人，最重要的還是詩創作本身，能否站得住脚，寫評論、散文，對詩而言，並無太大的助益。鍾玲之進入詩壇，還是以早期的「現代文學」爲根據地，她的「致陌地生城的瑪姬」，「湖濱陽臺的黃昏」，「融冰湖上」，都是在這個刊物上發表的。

鍾玲在大學時代學的是西洋文學，她當然懂得西洋詩的技巧，可是她一開始習作，一直就是很東方的。她對聲律似乎十分敏感，對意象的經營一點也不鬆懈，請看「湖濱陽臺的黃昏」——

如幡的長髮——女人的或男人的——在風中旋舞
陽臺上，有幾百雙汪汪的瞳子相對着溶化。

驀回首
你在那邊一頷首
在四付撲克牌中抬着頭
胸有成竹地笑
笑裏有靡靡地裸裸的欲
和依舊的期許
在春和夏的邊界上

——一波一波地，或一葉一葉地——
風倫渡着夕陽的金子。
你向晚的鴉色的瞳仁裏，喉頭上
竟然也閃動着波動的金子。
霞染的湖水在視線外茫然地擊掌
打算唱一首失調的血紅的歌。

此詩寫於民國五十七年，那時作者在威斯康辛大學攻讀比較文學，她在這首詩後加了一些按語：「威斯康辛大學著名的學生中心建在湖濱，陽臺上常坐滿長髮赤足的嬉皮。每當黃昏，湖上的落日總是血紅的。記得臺北街頭的落日常是橘紅色的」。這首詩寫的就是當時的情景，而且還摻雜了一些淺淺的鄉愁。可是它使人讀了之後，感到異常的親切。嬉皮雖然也是作者描繪的對象，否則也不會出現「在四付撲克牌中擡着頭——笑裏有靡靡地裸裸的欲」的語句。但是作者祇是清清淺淺地訴說她當時的感受，舖陳當時的景象，而並不含有強烈的批判意味在。因爲作爲一個人，他有權利選擇他自己的生活方式，他披髮他赤足，那純粹是個人的行爲。值得注意的是，本詩結尾異常有力，使人深思。「霞染的湖水在視線外茫然地擊掌／打算唱一首失調的血紅的歌」。其實在他鄉，你唱的歌再悲壯又能怎樣？

鍾玲的創作量不多，她在文學雜誌或詩刊展示的創作不過數十首，由於她對自我要求甚嚴，她很少把不成熟的作品拿去發表。我們讀她的「嫦娥之墮」可能會興起另一層次的感受。

我們到棲霞山摘束雲
我們到靈河畔採蒹葭吧

不要說了，玉兎
別用鬚來彈我袖上灰燼
漫漫地界煙塵
查封了我的清居
塵封那守我孤寂的心鏡
我已無家。
能預卜未來是神祇的悲劇
明天，他們就要接收我的家
全身閃爍着驕傲的金屬
明天，那拖了四千年的大審

將判決我受無期徒刑。
你不見千萬縷怨女幽魂乘着鬱雲
趕來追悼我的命運？
猶如當年羣星訝然傾身
以耀目照我飛昇。
明天，我將向黑暗降落
如一隻翅膀碎了的白瓷鳥
永恒地
墮向子夜。

一九六九年美國亞波羅十一號，首次登陸月球成功，舉世歡呼。可是那個月裏嫦娥的神話，從此幻滅。鍾玲以其詩人的情懷，於登月前夕寫下了這首亦悲亦壯的詩，雖屬玄想，但卻眞摯感人。

我以爲鍾玲的詩的特色，不僅是氣氛、聲調、意象、語言，她都能把它們揉和在一起，使其達至水乳交溶的境地。

躑躅在中國古典詩的聲律裏，以及徜徉在西方現代文學的視矚裏，鍾玲依然富有濃郁的中國情調，實在值得某些寫詩的人沉思。

●淡瑩，鏡的憨笑

出生於馬來西亞，可是卻在臺灣受完大學教育，然後又到美國威斯康辛大學攻讀碩士學位，現在新加坡國立大學當講師，詩人淡瑩的生命歷程是十分踏實的。

記得十幾年前，她在臺灣大學就學的時候，他們一夥年輕人，包括王潤華、林綠、翺翺、陳慧樺、黃德偉、淡瑩等人，曾經共同掏腰包創辦了一個「星座詩刊」，可算是當時現代詩中的新銳，我也在星座上讀過淡瑩不少的作品，之後她向「創世紀」投稿，一度也成爲「創世紀」的基本作者。她的「漚鳥」、「楚霸王」、「黃昏偶感」、「幻滅」、「太極拳譜」及其續稿、「蹙眉」、「回首」、「月色・肝膽」諸作，也陸續在「創世紀」上發表，博得不少的掌聲。

像所有女性詩人一樣，淡瑩從小我的玲瓏世界出發，漸漸把創作視野擴大，從早期的純粹抒情，而昂然步入更壯濶的境界，她開始嘗試層面較廣的題材的探索，如「楚霸王」及「太極拳譜」。她選擇這些題材，似乎是一些女性詩人所不願碰觸的。例如「楚霸王」一詩的結尾——

他把寶劍舞成數百道

人鬼隔絕的路
倏地張大嘴
一口咬住那股寒鋒
三十一歲的鮮血
直沖青天
終於跌入逆流
大江東去
他的頭顱跟肢體
價值千金萬邑
及五個誥封
浪濤盡千古風流人物
他的血在烏江嗚咽

如果作者不具某些魄力，她怎能寫得出這樣豪邁悲愴的詩句，楚霸王在她的細緻而又雄健的筆下，是栩栩如生地矗立着。

而在一系列的「太極拳譜」中，也有不少佳構出現，如「單鞭」——

手執單鞭
任袴下的黑駒
朝東
踢起
一路
風景

作者如不熟悉太極拳譜，當然她不可能嘗試這樣的題材，設若她對語言錘鍊的功夫不夠，她也無法有這樣的表現。在嘗試多種題材的創作上，淡瑩可算是女詩人羣中一位開山者。

現在我們把話頭繞回來，她的抒情小品依然是十分使人動容的。例如「螢」——

花香十里
猝然驚動了
蟄伏草堆裏的
一羣流螢
我仔細尋覓

發現你還沒化身
還是一根瘦瘦的
宿草
把四季仰望成
渾圓的露水
何必苦苦要查究
那隻飛螢是脫胎於
那株小草
小草是植根在
何人的眼瞼上
只要我合攏十指
你就成爲黑夜裏
最受人議論的
一顆流星

讀畢這首詩，彷彿靑氣四溢，直撲你的肺腑，又似在夏夜，你走在涼涼露水的草叢中。你想在作者的詩中尋覓些什麼呢？她的淡遠而又飄忽的情調，似乎什麼也不是。莫非作者是借「螢」來預示生命的卑微吧！「螢」之光究竟能照多遠，我再三把玩、細讀、感觸良多，人生若夢，也不過如螢之一閃一爍而已。

以實例印證，加以必要的解說，我們從羅英、劉延湘、鍾玲、淡瑩等四位女詩人長長的詩路上走過來，不知喜愛她們的詩的讀者心裏有何感受，至少以我讀詩的經驗，似乎可以獲得以下幾點不是結論的結論。

第一、一首好詩是語言、意象、節奏、氣氛四者的綜合。一個作者必須具備揉合它們的能力。

第二、作者的觀察力，繫於日積月累的經驗，她必須善於鑑別她所選擇的題材，善於裁剪，使糟糠變爲珠玉。

第三、寫你身邊所熟悉的事，眞誠地挖掘，眞誠地寫，絕對不能投機取巧，你花費多少心力，一定可以顯現在你的作品中。

第四、要獨創，使每首詩各具風貌。「語不驚人誓不休」。

綜觀中年一代女詩人，特別是以上介紹的四位女詩人，她們都有此種企圖，把自己的詩鍾鍊得更好。而技巧也是日新月異的。就讓她們在繁花似錦的園圃裏，努力去塑造她們自己更圓熟更高雅的格調吧！

——中華民國七十年六月十七日於內湖

附記：本文所介紹的女詩人及其作品，均出自「剪成碧玉葉層層」（現代女詩人選集）一書。

我那黃銅色的皮膚

——略談洛夫的「時間之傷」

「中外文學」月刊，曾於今年元月號以相當大的篇幅，刊載「洛夫詩作座談實錄」。那次提出討論的三首詩是「夜飲溪頭公園」，「邊界望鄉」和「與李賀共飲」。與會詩人分別對洛夫的詩提出相當率眞而精闢的意見。譬如瘂弦指出：「洛夫的詩由早期的「緊張」（如「石室之死亡」），而進入近期的「安靜」（如「漢城詩鈔」）。辛鬱說：「讀洛夫的詩，有兩種感受，一是歷史的深沉感，一是人生的調侃與情思的宣洩」。余光中也認爲「近年來洛夫的作品，生活的面目逐漸清朗，節奏緩下來，意象化開來，不再像以前那樣高速」。菩提則強調「洛夫的『邊界望鄉』，好在怒中有靜，沸騰之中有冷靜的反省」。青年評論家蕭蕭一口咬定「洛夫選字一向聳人聽聞」。……上述諸家意見，大體都能觸及洛夫詩作的痛處，而他甫於月前由時報文化公司出版的「時間之傷」詩集，收入近五年來各種風貌的詩作八十餘首，上面被討論的三首也收入其中。

洛夫的詩風漸趨「清朗」，從「外外集」（五十六年）時期就開始了，以後歷經「魔歌」（六十三年）時期的實驗與修正，及至晚近「時間之傷」之出版，更可證明他的風格之「變」是與時間以俱來。一個詩人對自己創造方向的調整，完全取決於自我精神層面之省察，他覺得何時該轉向，何時該蛻變，何時該歛放自己的語言，相信任何人都幫不上忙，這其間，惟有自我作最冷峻的觀察是最重要的。

「時間之傷」在編輯秩序上，概分三卷，卷一爲「漢城詩鈔」十七首，這是詩人於民國六十五年年底首次訪韓有感而寫的連作，寫的雖是韓國風物，實則是活生生的鄉愁之宣洩。「午夜削梨」一詩，有十分動人的景象，令人讀之頻添無限唏噓。全詩是這樣的——

冷而且渴
我靜靜地望着
午夜的茶几上
一隻韓國梨
那確是一隻
觸手冰涼的

閃着黃銅膚色的
梨
一刀剖開
它胸中
竟然藏有
一口好深好深的井

戰慄着
姆指與食指輕輕捻起
一小片梨肉

白色無罪

刀子跌落
我彎下身子去找
啊！滿地都是
我那黃銅色的皮膚

那個初雪紛飛之夜，我們一行十個人蜷縮在漢城零下八度的雲堂旅社內，每個人摟着那一隻挺着個大肚子閃着黃銅膚色的梨，自然感觸亘深，因爲此情此景，太像咱們中國的北方，也許就是這一水之隔，縱使我們懷有大鵬之翅，也難以飛渡的啊。作者寫「午夜削梨」，由開始的靜態，近景，在茶几上望着一隻韓國梨，而頻生饑渴如焚的慾望，於是自第二節一開始，作者卽有觸它，甚至一刀剖開它的衝動。梨不聲不響地終於被作者一刀切開了，在作者切開它的同時，他赫然發現梨的胸中竟然是一口好深好深的井。此一意象得來不易，這個井的意象顯然有好幾層用意。第一、乍然一看，梨的肚子裡全是水份，彷彿泉水般的湧出，以水的冷澈對使作者鄉心的熱熾。第二、井在咱們老家幾乎是家家戶戶的大宅院裡都有的，作者由赤裸裸的梨，想到了家鄉好深好深的井，雖屬奇想，畢竟這個道理是說得通的。第三、梨的胸中有一口好深好深的井，作者的胸中何嘗不也是一口好深好深的井，這個泉湧般的鄉愁，任誰也飲之不盡取之不竭的。……緊接着第三節，作者面對潔白的梨肉，他描繪取用一小片梨肉進口時的心情，他祇用簡簡單單的三個字：「顫慄着」，其實寫到這裡，作者似乎不必費辭，如果他過份誇張吃梨的心情，反而有畫蛇添足之嫌，由此節也可看出作者的技巧，他是有相當的約制的功夫的。下面突然接上一句：「白色無罪」。似乎是指梨被削後的屈辱感，梨肉雖是白色的，白而可口，但它畢竟是無辜的，因爲它的白也是與生俱來的。最後一節是全詩精華之所在。「刀子跌落／我彎下身子去找／啊！滿地都是／我那黃銅色的皮膚」。如從字面解釋，作者彎下身子，看到的全然是黃黃的梨的外衣，實則並非如此，我們不妨把視野擴大，作者把梨的外衣一片一片地剝下來，那遍地都呈黃銅色，是不是作者的皮膚，也像梨一樣，一片一片地在剝落呢？……

此詩在情緒上，由靜而動；在視覺上，由近而遠，在格局上，由小而大；在音響上，由低而高。……誠然是作者訪韓詩鈔中的魁首。余光中曾經指出作者是用傷口唱歌的詩人，似不爲過。咱們這一代中國人的傷口是太多也太深了，又何祇是削梨之一端。

卷二爲「時間之傷」，共收入六十六首，題材相當廣泛，從羊年十二行，包青天三段論法，大寂之劍，妻的手指，與李賀共飲，鷹的獨白，吃蠶，夢的圖解到北京之冬……這輯詩有長有短，有滔滔雄辯，也有涓涓細流。在表現手法上較爲複雜，作者自己在自序中卽曾供述：「這個集子中形式和風格的不純，乃是不可避免的事」。想來多半係指這一輯詩而言。

實際上，詩人以多種形式來從事創作之實驗，本是無可厚非，一個詩人如不是一隻歷萬刼而不死的火鳳凰，他也不會有珠玉般的佳構出現。要給作者第二輯作品下一個概括性的評語，誠屬不易，那又何妨談談他的「家書」吧！

洞庭湖的鯽魚正肥時
據說你們仍是素食主義者
難怪信裡的字

都一一瘦成了長仿宋
據說四弟仍羈旅山東
仍排隊買一棵降霜後的白菜
據說大哥的舊棉袍用冰製成
冬至以前就開始以火去烤
化水的過程是多麼長啊
其餘的日子
都花在擰乾上
而媽媽那幀含淚的照片
擰了三十多年
仍是濕的

——六十九年十一月十六日

據說詩人在六十九年歲末，輾轉獲得湖南老家親人的訊息，他的七十五歲的母親仍健在人世，作者當時的心情是如何激盪，恐怕誰也無法形容。老母健在，而無法親身侍奉，這是人世間最大的悲痛。作者借家信寄意，他的哀傷的確是難以漂白的透明，這首短詩眞可以說是一字一淚，令人悲憤，開始時不得已的調侃，變成最後的嘆息與無奈，特別是從第七句開始，我們靜靜地展讀，愈到結尾愈見高潮：「而媽媽那幀含淚的照片／擰了三十多年／仍是濕的」。母愛情深深似海，這短短的幾句，不僅深沉有力，而耐人低徊，作者的優點，往往就坦露在這種不着痕跡、天衣無縫的轉折上。

卷三是詩劇「借問酒家何處有」，全劇以我國古代大師司馬相如、卓文君、阮籍、李白、杜甫等人的對話爲主體，把酒談詩，不亦樂乎，通篇頗多妙語，諧趣橫生。這是作者的處女詩劇，詩人謙稱，把它收入，純是敝帚自珍，我想也就不必再苛求什麼了。

縱觀「時間之傷」這本集子，可以說是作者近五年來的創作心路歷程。我們徜徉其間，倍感親切與酸楚。親切的是，洛夫已步入中年，還有如此強旺的創作力，且題材的層面愈來愈廣，某些技巧也愈見成熟。酸楚的是畢竟是時不我予，嘆歲月如大江東去，詩人怎能與時間抗衡，而兩鬢已日漸斑白，回首前塵往事，怎能不酸楚。借用作者的詩句：「有時又不免對鏡子發脾氣／只要全城的燈火一熄／就再也找不到自己的臉／一拳把玻璃擊碎／有血水滲出」。一個詩人想在歷史與時間的長廊上，尋找自己的臉，那是多麼的難啊。

開頭我們說過，洛夫的詩，一直求新求變。只有新，才能創造更率眞的美；只有變，才能追求更高一層的境。吾輩中年一代以及更年輕的一代，大家都認爲洛夫是當今詩壇少數幾個重量級的詩選手之一，我們希望他今後不要爲盛名所累，不要爲一時的得失欣喜或沮喪，願他把創作的視野擴大，善加利用在語言、意象上的優點，使其今後在創作的層面上，具有更廣濶、更深沉、更繁富的新面目。

——中華民國七十年六月十九日深夜於內湖

醒着的雕塑

——談「菩提自選集」中的詩文

黎明文化公司甫於月前慶祝作家自選集出版一〇〇號紀念，而我今天所要談的正是這一〇〇號之中的一個作者，一位大塊頭的人物，說來也是饒有興味的吧！

他是誰？此刻那站在我窗前臨風搖曳的，不正是一棵又粗又壯的蕭蕭的菩提。

菩提，是詩人、小說家、散文作者，以及一個喜歡唱黑頭的燕趙男兒，他的文學活動大概是從民國四十七年就開始了，最先迷上詩，結識詩人阮囊，他的早期作品接受阮氏的指點，而開始向「藍星」詩刊投稿，然後又繼續猛敲「創世紀」的銅門，跟着又以「吾患有身」、「燃燒的靈魂」等頗具思想型的小說，向「聯合副刊」和「人間」進軍，其間一度他又熱中詩評，在「新文藝」，「中華文藝」，青年戰士報副刊和「詩隊伍」上發表了不少討論詩人作品的文章，頗得詩友們的稱許。如果他把近廿年來所寫的各種創作（包括詩、散文、小說、評論），總可以出版五六本著作吧。然而時至今日，咱們的菩提結的菓子似乎並不豐碩，他到現在只有兩本小書問世，那就是「知風草」（水芙蓉出版社）和這部「菩提自選集」了。

對於一個作家的品評，並不能以量的多寡來作爲判斷作品好壞的依據，但如果他的創作雖多，而尚未能完全結集出版，我們卽貿貿然來作抽樣品評，恐怕也會失之偏頗吧！無論是偏頗也好，或者是冒失也好，今天我將把我批評的焦點，集中在他定名爲「菩提自選集」的一本小書上。

這部自選集，列爲七十九號，出版於民國六十八年的五月，那時他的傳誦一時的名詩「人在天馬塚口」還未誕生，「屈潭吟」也不知擱於何處。此書共收入「大荒山」、「二姻在春天」等詩廿八首，「緣溪行」，「月光的碎片」等散文十九篇，「吾患有身」等小說七篇。大體而言，是菩提從事創作以來的結晶。

「詩是一隻能言鳥，要能唱出心靈深處永恒的聲音」。這句名言（好像是楊喚說的）對菩提而言，似乎發生不少作用。菩提的詩，辭彙豐富，意象奇特，節奏豪邁，間含英挺之氣，往往在他行雲流水的顧盼之間，使讀者讀詩的況味與時俱增。「咬住風，咬住雲，去與時間拔河」。詩人一貫所追求的，所捕捉的，甚至欲超越的無非是那滔滔而去的時間。而他早在廿年前就已懂得要與時間拔河。只是那時他的聲音還很微弱，還很細小，以致一般詩讀者還聽不清楚，及至晚近詩人余光中寫了一首「與永恒拔河」，這才重新喚起大家的注意。不論是與時間拔河也好，或是與永恒拔河也好，其最終的目的，絕對是一致的。如果作者理解了這些，他應該感到十分的慰安，畢竟一個詩人的預言，遲早會被有識的伯樂發現的。那麼我們何必斤斤計較誰是開路者？誰又是扛榜的人呢？只要我們曾經爲詩眞正的奉獻過，應該是絲毫無愧於心的。作者自選的廿八首詩，俱爲上乘之作，且每首詩都有其個殊的面貌。「古蹟」的悲涼，「皮人戲」的嘲諷，「大荒山」的迷茫、「金菊花」的隱祕，「黑水仙」的沉重，「城外明媚」的亮麗，以及「柔美的死亡」所帶來的起伏感，在在使讀者得以長驅直入作者心靈的堂奧。下面我想抽樣談談他的「二妞在春天」。這首詩曾發表於聯合副刊，時間約爲民國六十六年六七月間，當時聯副由馬各主編，新詩稿件是委請詩人楊牧代選的，當菩提把這首詩寄給聯副而轉到楊牧的手上，他那年在臺大外文系任客座教授，曾將這首詩出示給他班上的同學討論，得到普遍的讚賞，原詩不長，特引錄如下，以利討論。——

二妞，穿過層層疊疊的雨
如同穿過層層的簾子
在二妞的背影上
却只見着兩條黑黑的髮辮
二妞也有一場雨

往往是淋過了外面的那一場
就會存了一些雨在他的髮辮上
也會藏一些在他的眼睛裡
他的眼睛就是他的泉
等春天胡亂的跑走了
他才一個人，單獨的對着你
對着對着，就下起一場二妞的雨

二妞這麼說：春天這場雨
只適合單獨的淋給一個你

二妞的髮辮長長—像黃河
二妞的髮辮長長—像長江
假使春天不下雨
不管長江有多長
不管黃河有多黃
也不管你是怎麼樣的划

那條船，總歸是划不到二妞
巴顏喀拉山的額頭上

作者是道道地地的北方漢子，「二妞」應該是對他家鄉小姐的稱呼。從題目來看，作者寫的正是他的家鄉，借二妞來宣洩他的淡淡鄉愁，或者說是舖展他對二妞的相思，也未嘗不可。一開頭，作者即製造一個朦朧的背影，令人興起無限的遐思。穿過「層層疊疊的雨」，穿過「層層的簾子」，這個「簾子」的景象，把咱們家鄉農業社會的輪廓，很清晰地勾勒出來了。假如這個簾子，不見二妞的背影，不見二妞兩條黑黑的髮辮，可能是沒有什麼美感的。作者斬鐵截釘似的讓二妞黑黑的髮辮在第一節中出現，目的無他，乃在製造一點象徵的意味而已。如果他直截了當地說二妞是如何如何的美，不但令讀者得不到美感，反而把美感給破壞了。本詩一開端，即有不凡的展現，應該歸功於作者的選擇與剪裁。緊接着作者指出：「二妞的雨，存在他的髮辮上，藏在他的眼睛裡，他才一個人，就下起二妞的雨。」這一段作者已把自已投入其中，約略地說，這一段他寫的是二妞的心態，輕巧自然而又具有種子隱隱在作者內裡即將爆烈開來的意味。但似乎什麼也不是，也許是作者繼續製造前節的朦朧而又透明的美吧！最後一節，應該是作者眞正表現企圖之所在。

儘管二妞的影像，如何潺潺地流過他的心際，如何使作者的心靈顫動，而急欲捕捉，甚至深深的一握。但是此刻，千重山萬重水，作者是難以如願的。因此作者驀然把他對二姒的思念，化爲對祖國長江、黃河的思念，作者且很激情地說：「不管長江有多長，不管黃河有多黃，我還是要不斷地划，希冀眞能划到二姒巴顏喀拉山的額頭上」。作者在此處用了疑問句：「總歸是划不到二姒……的額頭上」。他如果說一定能划得到，那詩的味道就差多了。作者善於釀製氣氛，使最末一節昂然聳立，這是一種多麼率眞、親切、而又誇張得令人難以自禁的情境啊！

我們穿過作者花木扶疏的詩徑，現在再來徜徉在他流着一片月光碎片的散文裏。說到菩提的散文，在他一貫的脈絡裡，自有另一種山水以及另一種丘壑。如果說他的散文是詩之餘緒也不爲過。其實作者的散文，大抵是在充滿詩情詩愫的狀態下完成的。不信，你不妨讀讀他在「皂沫」一文中的結尾：「她們相視的笑笑，什麼話也沒說。後面的溪水追趕着前面的溪水，浮着皂沫，雲朵，打一個轉兒，匆匆的離去。

猛擡頭，那母親已揹着嬰兒，挽着籃子走了。是什麼時候：「青山依舊在，幾度夕陽紅」。如果作者不是寫詩的，何能有這樣的轉折與情趣。

縱觀作者的散文，充滿詩意的句子甚多，隨手摘出幾則如下：

「身影歪歪斜斜的，搖擺着夕陽的餘暉」（下午的紙花）

「陽光在林子裡，宛如一些明媚的眼神」（春日）

「哭聲凝結，淚水不逝，原野啊！在時間的河裡，除了愛，誰又是從未落過帆的船？」（在一個上午之上）

「陰暗，是爲了證明它的反面的。如果我不是盲者，還說什麼呢？」（綠色蛹殼）

「一泓表面上寧靜的清水，仍然在缺口處偷偷輸出了生命。」（化入水中）

「笑也是一項凋落，來自那顆不耐於等待的額頭。」（鞘）

「我悄悄的站着，讓語言從足尖上流出。」（一隻鞋子）

它們各各被巧妙地安置在作者的某些篇章裡，令人讀後倍感情趣盎然。事實上充滿詩情而富哲理的散文，也並不容易寫，如果一篇散文，太過重視玄想，而作一瀉千里沒有節制的舖陳，祇見文字，不見思想，那可能祇是一堆沒有生命的文字，在那裡爭妍鬭艶，絕對引不起讀者的眷戀。菩提在經營他的散文時，既不排斥詩的情愫，更不作無病之呻吟，所以他的每一篇都很短，唯其短，故作者的表現意圖，比較密集，很容易讓讀者看清他的筆墨之所在。

總之，在我們這個百家爭鳴的文壇上，菩提的確是一個十分朗朗的健者，憑他廿餘年來的努力與耕耘，他的詩，他的散文……業已建立起屬於他自己的獨特的風格，而這似乎不是三言兩語所能道盡的。我寫這篇小文的目的，旨在介紹，希望有更多喜歡中國文學的讀者，當你們在選擇富有創意的現代文學作品時，千萬不要漏掉這麼一本書。等你們以敏銳的心靈，去擁抱作者所創作的詩文之後，你們是不是會覺得像這樣一位默默的耕耘者，的確應該給予他更多眞誠而熱烈的掌聲。那麼筆者此刻的嘵嘵，似乎不是多餘的事了。

——中華民國七十年五月十八日

從青澀到結實

——略談沙穗、連水淼、張堃的詩

「江山代有才人出」，這是很自然的現象。現代詩在臺灣發展卅多年中，可以說，每年都有年輕的新人出現。如果要檢視一下詩的發展史實，筆者認爲民國六十年是一個相當重要的年份，如果認定這一年是現代詩運動的轉捩點，也不爲過。就在這一年的年初，在左營，首先出現了一份四開報紙型的「水星詩刊」，上面赫赫然出現許多名不見經傳的年輕的名字，繼之在同年的三月，臺北又誕生了一份廿開大型的「龍族詩刊」，三個月之後，也就是同年的七月，在屏東又一份法國長條書型的「暴風雨」詩刊問世了。這個詩刊雖定名爲「暴風雨」，其實他們的步履是相當穩健的。他們一方面介紹訪問中年一代的詩人，坦露他們的詩觀，另一方面則努力發掘年輕一代的佳作。與其稱該刊爲「暴風雨」，不如說他們是「和風細雨」來得更爲恰當。而筆者今天所介紹的三位年輕詩人沙穗、連水淼、張堃，他們就是這個詩刊的編輯者。「暴風雨」共發行了十三期，至六十二年七月停刊，該刊爲當時的現代詩運推波助瀾，不無功績。筆者在該刊創刊一周年第七期上曾予祝賀，我是這樣說的：「每期一打開暴風雨，都能給予我以輕微的、晶澈的、金屬性的拍擊，好像一本永遠沒有時間的時間之書，攤開在我們的心裏。」（六十二年七月）即使我們今天悄悄地打開這份詩刊，它仍會給予你相當的驚喜。

他們三位由詩而定交，共同創辦「暴風雨」而使友情更加濃郁。同時他們在詩的道路上，也互相鞭策，互相激勵，彼此都能建立自己特獨的風格與清新的面貌，這一點尤其不能忽視。

•沙穗，一個挖掘不盡的礦

作爲一個詩人，沙穗是十分眞誠的。他寫詩，是以生命的血漿去噴射，所以我們讀他的詩，特別是一些抒寫現實境遇的詩，常使我們有潸然淚下的激動。猶記他的「失業」一詩，於民國六十三年十月在「創世紀」第卅八期發表時，給予我的感受最深最重。同年十一月八日，創世紀詩社在臺北耕莘文教院大禮堂舉行慶祝創刊廿周年詩朗誦大會，筆者曾即席朗誦這首四十八行的「失業」，使在場的六七百位年輕同學，也彷彿感染了詩人失業的滋味，一致發出無限的唏噓。詩中有幾節是這樣的：

當太陽升起的時候
母親 我便在您眼中
跟着升起 但我旣非日月
也非星辰 我只是您眼中升起
的一顆淚

在濕冷的車廂裏
只有母親塞在我夾克中的
一枚烙餅是熱的 也只有
這枚烙餅睡得着……

我把飢餓摟的很緊
在西門町總得有樣東西摟着
才不像南部來的
卽使摟自己影子……

由於詩人的率眞，把他心裏想說的話，用最具體的事實，以象徵性的技巧道出，自然是極具有說服力的。

沙穗以現實題材，寫了不少的詩，除「失業」外，尚有「歸鄉」、「賣麵」、「在樹林鎮」、「瀧觀橋」、「第五公墓」、「越南」、「西貢基督」……等等，這些詩有一個共同的特色，那就是作者以平易近人的語言、眞誠高雅的情操、犀利感人的筆觸，去抒寫現實的苦澀與歡樂，使他的詩情、詩意、甚至詩境，都能朗朗地或是淒淒地走過讀者的心田。

除了對現實情境的披瀝與投影之外，沙穗最拿手的是情詩。他寫給他的妻子燕姬一系列的詩，恐怕是現代詩史中一頁最珍貴最旖旎的寶藏。在「燕姬」這册詩集中，他的有名的句子，都是環繞着這兩個字。不妨隨意選摘幾則如下：

「這是饒燕姬的朝代／整個夏天／很單純／也很靜／我甚麼也不做／就這麼看着」(那年夏天)

「在草屯過去／南投過來／的一片松園／我剛蓋完一天官章／又接到妳的最速件」(小別)

「從地道通到安平／有一段路／鄭成功還在追趕荷蘭人呢？／別怕燕姬」(言)

「不知何時我竟變成一隻螞蟻／爬在燕姬的臉上」(無題)

「忽然由妳雙頰／噴出一池水來／妳說妳是個水的民族」(酒窩)……

我想不必再抄下去了，大家讀了這些美麗而溫柔的詩句，能不爲作者對妻子的至情至性鼓掌。記得有一次沙穗偕同燕姬北來，我們大家在一起飲茶聊天，有一位詩友說，如果將來沙穗的詩在詩史上留名，燕姬一定與他的詩同其不朽。……沙穗最近一系列抒寫革命先烈與愛國愛鄉的詩，諸如「大通學堂」、「黃花崗」、「走在中國的地圖上」、「鞋子・鈍刀」、「蘭嶼印象」……等等，都十分出色。本年五月五日，在臺北銘傳商專大禮堂舉行的「北區大專院校詩歌朗誦比賽」，沙穗的「大通學堂」一詩，曾由實踐家專一年級同學組隊朗誦，效果奇佳，該校也因此而獲得冠軍。他的「黃花崗」一詩，在四月中旬，臺北耕莘文教院舉辦的「現代詩在臺灣座談會」，筆者忝爲參加座談者之一，在發言時，曾引用這首詩，並即席朗誦，獲得全場一致的好評，特節錄一小段如下，以供欣賞：

「每當我翻開歷史
讀到那年三月
我就希望早生七十年
多麼盼望，我也能葬在黃花崗
和林覺民葬在一起
他寫他的：

『意映卿卿如晤』
我寫我的：
『燕姬卿卿如晤』
多麼盼望，我也穿着長袍
和朱執信一樣，一刀剪斷長袍
卽使我不會造炸彈
跟在喻培倫的身邊
也能幫他揉一下疲倦的眼睛……」

這首詩寫得太動人了，如果沙穗的詩像這樣繼續下去，我想他的遠景實在是太遼闊了。末了，筆者想借用他在「八十年代詩選」中的一段話，作爲結束：「一定要我回答詩是什麼，我就說詩是情緒，是透過文字把情緒表達出來的一種技巧，所以說，一個人只要把情緒昇華爲詩，就是詩人。」沙穗的詩有今天這樣的面貌，大概與他上面所說的話，有極大的關聯。我深深盼望，沙穗能在未來的年代裏，努力使他的詩能有更突破性的展出。在現代詩壇上，他是一個礦，我相信他自己應該懂得怎樣去開採。

●連水淼，一株密茂英挺的樹

如果說，沙穗是標準的「詩迷」、「詩癡」，那麼連水淼可能就是一個近乎遊戲人間的「半票詩人」了。當民國六十二年七月「暴風雨」停刊後，沙穗一直還堅守着詩的崗位，勤寫不輟，而連水淼卻旋風似的在臺北傳播界闖天下，無暇顧及詩事，卽使寫，也祇是偶爾的卽興之作而已。我說這話祇是他的暫時現象，當他在事業上略有所成之後，他又鼓起勇氣，來爲詩的事業盡力。民國六十九年三月，他出版的「生命的樹」詩集，可以獲得明證。這本集子共收詩作卅九首，是他近幾年忙於傳播事業之餘的副產品，說起來在商場上打轉，情況是何等的激烈，他還能靜下心來寫詩，也眞難爲我們這位大塊頭的年輕詩人了。

連水淼的生活圈子比沙穗複雜，也比較開闊，他詩的題材，也就是他生活的縮影。「空白是最完整的畫面」、「遠景」、「碑紋」、「鳳梨」、「飛瀑」、「驛站」、「數學」……從這些詩的題目來看，隱隱約約與他所從事的傳播事業有關。但是他在詩裏似乎沒有直接切入，也就是說，他沒有把他所從事的職業內容，一一顯現在他的詩裏。顯然他覺得職業是爲了討生活，而寫詩則是個人心靈的活動，如果生呑活剝地寫些所謂新聞詩，描繪現實環境中的一些表面現象，對一個眞正的詩人來說，絕對是不甘心的。儘管連水淼寫詩，並沒有把全生命投入，可是一些精鍊的小詩，令人讀之也暗暗喝采不已。例如——

妳去後
庭院更加動人了
爲了完成一頁空白
懷念交出最完整的畫面

——空白是最完整的畫面

與水聲並行
我的遐思
是想咬住山色的晚鐘

——山澗

月光淒清
冷風中隱隱叫痛的字跡
是今晚的課題
中南半島的煙火
仍延燒着晚報
受傷的羽翼

——碑紋

仍剪破傷痕纍纍的天空

——飲者之歌

青年評論家蕭蕭說他是「寧寧靜靜的追求者」，詩人沙牧說：「不要管什麼偉大與不朽，你就眞眞實實寫你自己的」。詩人彩羽更勉勵他：「不要輕信別人，好好把握自己。」從上述詩例來看，連水淼在經營自己的語言與意象時，也是十分專注的，不然他也不會寫出上面這些特具創造性的佳句。……而他的名詩「空心菜」從略帶歌謠風的意趣中，展示詩人對傳統的信念，對土地的熱愛，對生生不已的「根」的重視。

祖傳的土地
萬世的根基
不斷的空心菜
把根留下來！
把根留下來！

詩人如此熱烈地期盼着「把根留下來！」作爲一個黃皮膚的中國人，我們怎能沒有自己的「根」呢？而在另一首「默契」(三・二九前夕)中，寫先烈們起義前的心情，眞摯而動人。

富」與第三代的「敏銳」，在在形成了十分鮮明的對比。

本文主要在探討第三代年輕女詩人的作品，不得不將第一、二代的女詩人暫時放在一邊。「江山代有才人出」，當我們仔細展讀年輕一代女詩人的作品時，頓感逸興湍飛，不能自已。中國現代詩壇一股新的曙光，似乎是從她們華美、細緻、婀娜的步履中走出來的。

大體而言，年輕一代女詩人的詩，都呈現了一種清新、淡雅、婉約的韻致，她們作品的內容與特色，亦不外以下幾個範疇。即一、展現個人純美的抒情與戀情。二、抒發樸實濃郁的鄉情與親情。三、擁抱五湖四海大我的豪情。四、充滿知性、理趣和對未知世界的探索……。當然她們每個人都有自己觀照的方法、運用語言的技巧，創造意象的經驗與建立結構的能力。也許她們是從前輩詩人那裏借過火，可是這些香火，經過她們細密與輕捷的傳佈之後，似乎就是她們自己身上的一部份，與她們的膚、髮、血、肉是緊緊地相連在一起的。本文試圖介紹的七位年輕女詩人，她們的作品不僅各具特色，而且在細緻、淡雅、婉約甚至沉潛諸方面，均已顯示了相當程度的創意。

．翔翎，為意象梳頭

以實際年齡論，翔翎是她們七位之中的大姐，她出生於民國卅七年，祖籍是山東陽穀縣，於中國文化大學英文研究所畢業後，曾赴美國愛荷華大學作家工作坊研究（去過這個工作坊的我國詩人很多，如余光中、葉維廉、瘂弦、商禽、敻虹、吳晟……），去年秋天她偕同美籍夫婿返國，現在臺中中興大學英文系任教，她是大地詩社的同仁，迄至目前爲止，好像她尚未出版個人詩集。她的寫作年齡約在十載以上，詩作曾入選「現代詩導讀」（張漢良、蕭蕭主編），「剪成碧玉葉層層」（現代女詩人選集），除詩外，她的散文亦寫得十分優雅而華美。

筆者對她的詩的評語是：「翔翎的內心世界是熱熾的，她的觸覺是犀利的，閨秀派每每喜歡吟詠自己最隱祕的感情，可是當她們從千絲萬縷的愁緒中奔出，以詩的形式呈現，她的眼裏自有另一種山水，以及丘壑」。「歲暮一則」可能是最佳的例證：

來信問我
冰雪的心情
我搖搖頭
把寂寞和淚水
都還給了你
至於早春
繽紛的花事如夢

沉沉的生日
一個疊着一個
壓着人下降
到土裏去
越來越矮

人是愈老愈矮嗎？詩是愈寫愈少嗎？如果說朱陵善於語言插花，似不爲過。她的精鍊的程度是相當驚人的。假如一個平庸的作者，要他寫一首「生日」的詩，他可能七扭八歪的繞了一個大圈子，結果也達不到此種簡潔的效果。語言在作者的心裏生根，開花，結果，她的約制的能力，是不是與生俱來的，眞是令人頗費思量。

而在另一首題爲「插花」的詩裏，她如是寫着：

花挿在瓶子裏
不得不遺棄了天空
轉而擁抱頭頂上的
灰塵

小小的心
在瓶子裏緊縮
漸漸地
喘不過氣來

像「插花」這樣的題材，似乎是沒啥好寫的，要不可以寫得更多，鋪得更廣，可是作者是不善於描繪的，特別是對眼前外在現象的描繪，所以她寫「插花」，是把花插進瓶子的心裏，插進作者自己的心裏，花蛻變成一個生命，在瓶子裏緊縮，難耐，無助，而漸漸喘不過氣來，那眞是一束小小的花嗎？由此可以讓我們產生更多的聯想，一個企盼向上生長的生命，是不能把它綑綁的，就像花束一樣，你雖然可以任意插進瓶裏，表面上它也許是安安靜靜的，可是骨子裏它是不服氣的。祇要一逮住機會，它就會掙脫花瓶本身的束縛，而走向大自然無拘無束的懷抱。

在瓶子裏緊縮
漸漸地
喘不過氣來

這三句眞是神來之筆，不可多得。作者所要表現的企圖，完全傾瀉無遺。

朱陵的小詩是很多的，且大部份都屬精品，你想要揭開她的創作之謎嗎？那末你勢必要下一番眞正追索的功夫了。

朱陵的創作箭頭，並不是永遠一成不變朝向一個方向射擊的。

·沈花末，為水仙期待

在美國俄亥俄大學古木參天陰森的校園裏，你經常可以遇到一位年紀輕輕的中國女詩人，抱着一大堆有關世界藝術史的燙金書，在那裏徘徊着，以及低吟着。那不是似曾相識擁有水仙之譽的沈花末嗎？

是的，兩年前她從臺灣雲林老家，携着簡便行囊，隻身飛渡重洋，來到這個美國東部的大州，她以全付精神來挑戰藝術史，是以這許多日子，我們也就讀不到她那充滿純情的小詩了。

凡是讀過沈花末的詩的讀者，可能都會有這樣的感受：「她創作的心情，可能即是水仙的心情，一個少女的純情之獻，在沈花末的詩裏，業已表露無遺。她矛盾、喜悅、羞澀，甚至迷惘，幾乎飛濺在她的每一首詩裏，以及每一顆小小的鉛字裏」。

面對沈花末這些抒情味極濃的小詩，筆者往往喜歡吟哦再三，每次從清清淺淺的吟誦之中，我彷彿看見一個優雅的靈魂，輕輕飛躍的身姿。

「九月廿二日看殘荷」，是她的佳構之一，原詩是這樣的：

莫非這種摧殘已成了習慣
風的千掌是衆神的旨意
守住這種悲傷的天氣
雨也催響
衣上的荷香是一隻哭泣的獸
獵人的陷阱已經佈好
且說着：別再猶疑
荷倒下，擁抱一片
晶瑩的土地，遺言委於
水上，却沒有葬儀

作者爲何要用九月廿二日，這個日期是否具有特殊的用意，我想可能是有意義的，也可能祇是作者隨手寫的，或者眞的某年九月廿二日，她在一個水邊看殘荷，而特別興起心中波濤壯闊的創作的意念，於是她從從容容地寫下了這首十行體的小詩。既然是荷已殘，當然傷感的氣氛是免不了的。作者觀荷而生憐憫之情，以及淡淡的哀愁，或者說那是一種美麗的哀愁。從「莫非這種摧殘已成習慣」………到「荷倒下／擁抱一片／晶瑩的土地／遺言委於水上／卻沒有葬儀」。殘荷一如破敗的落葉，它是會自生自滅的，讀畢全詩，不禁令人興起無限唏噓！

難道沈花末的名字，眞的是寫在水仙上，寫在風上，它們會在我們心裏，躺成最生動的弧度。我納悶着。

·萬志為，為理趣張網

我以爲萬志爲的詩，如果有所謂「理趣」的話，應屬一個作者特有的自審。她對事物的觀察相當敏感，由於用語淺白，脈絡分明，詩思脫俗，她已爲女性詩人的創作世界開了另一扇窗戶。是的，這扇窗戶經常讓陽光照進來，讓風雨吹進來，讓襲人的花香漫進來……有時讀她的詩，不一定立刻讓你的心靈震顫，及至你眞正懂得了她的企圖之後，你會燦然一笑，原來是這麼回事。

她的語言十分乾淨俐落，絕不拖泥帶水，「破靜」是一首相當耐人尋味的好詩：

小屋

坐着

小路
躺着
小小的人
走着
風聲也聽不到
更何況落葉
直到一縷炊煙，嫋嫋娜娜
刀樣升起

它們像一片一片的風景，彼此很妥貼地被作者安放在各自獨立的位置上，幾個「小」字，很孤單地立在一起，讓你讀了之後，頗有那麼一絲絲冷肅的感覺，作者由小屋、小路到小小的人，最後連風聲、落葉也聽不到，實在是安靜極了。我想她寫的應該是鄉野的景緻吧！可是她不是敍述的，記事的，透過作者十分巧妙的安排，讓我們看到了一幅動靜自如的畫面。尤當我們讀到最後一段「直到一縷炊煙／嫋嫋娜娜／刀樣升起」。眞是遍體舒暢，作者突然如此一個轉折，把讀者帶入另一想像的世界，這個「刀」的意象是太有趣了。

誠如作者在一首「無韻體」的小詩裏如此複述着：「別來問爲——什麼／我根本不是一首標

準無韻體／你已看到聽到感覺到」。究竟作者給了我們些什麼，我想每個讀詩的人一定心裏有數。

萬志爲，她是開向四面八方的窗子，她喜歡恬淡地爲她自己建立的理趣世界張網，我們何不站在一邊，靜靜欣賞她所創造的風景。

．夏宇，為愛情蛀牙

夏宇寫詩的歷史，不過五六年，她曾參加暑假復興文藝營的新詩組，據曾擔任該營指導老師的一些詩人說，別看她個子小小的，人卻機伶得很，她一出手就異常脫俗，有人說：「寫詩是天才加上後天的努力，缺一不可」。夏宇就是一個典型的例子。

除詩外，她的散文、劇本，也寫得不錯，她曾獲中國時報六十八年散文優等獎。

對於夏宇的詩，我個人的粗淺看法是：「她的作品極富說服力，往往從平淡單純的意念中，令人有捕捉不到的驚喜。夏宇的世界既不廣闊，也不深邃，表面上她也許是在向你訴說詮釋，及至你恍然大悟，你會暗暗擊掌，她的某些隱祕的意象，實在是很駭人的」。

她不是爲語言而語言，也不是爲意象而意象。文字本身是表現必備的工具，她能活用文字，而使其在一首詩中產生震撼的力量。我們隨手拈來，幾乎她的每一篇章都是佳構，不信，請先讀讀五行小詩「甜蜜的復仇」：

把你的影子加點鹽
醃起來
風乾
老的時候
下

題目本身就已引人入勝，「復仇」而且是「甜蜜的」，把先前那種緊張氣氛都掃除了。她的觀察力相當敏銳，短短的五行，包含了多少辛辣譏諷的意味。當我們輕輕讀至最後一句，也許你會噗哧一笑，難道這是作者的惡作劇嗎？說穿了，本詩衹有幾個簡單的字眼：「影子、鹽、醃、乾、老、酒」，她把這些名詞、代名詞、形容詞……串連起來就是佳構，如果她對語言本身不具採摘的能力，何能臻此境地。

下面不妨再看看她的另一首小品：「愛情」——

爲蛀牙寫的
一首詩，很

短
唸給你聽：
「拔掉了還
疼 一種
空
洞的疼。」
就是
只是
這樣，很
短
彷彿
愛情

這首詩也瀰漫了一種說不出的稚嫩的愛的滋味。全詩祇有卅七個字，初讀起來彷彿不是詩，而是兒歌，可是當你再讀、三讀，它的味道就慢慢地出來了。當然年輕人有她們對愛情的看法與想法，作者透過蛀牙，而去詮釋愛情，這種觀念是相當新的。「拔掉了還疼／一種空洞的疼」。愛情是否像拔牙一樣，也許年輕人的愛情，來得快去得也快。「祇是這樣很短，彷彿愛情」。夏宇的詩最大的優點是：她祇創造一種情境，而去體驗詩中的意趣，那是讀者的事。

對於夏宇的期望，某些前輩詩人（如周夢蝶、辛鬱……）是很殷切的，我們希望她能再勤奮一點，繼續不斷長江大河般地寫下去吧。

•馮青，為音響潑墨

民國六十七年八月出版的「創世紀」第四十八期，馮青首次發表了「夏日詩抄」十一首，洛夫在按語中曾說：「我國現代詩中的抒情傳統，曾爲我們的詩運開闢了一個新的感性領域，自鄭愁予到葉珊，自夐虹到沈花末，現在我們又聽到了馮青娓娓的小唱，唱得如此漫不經心，單純中透着一些無奈與哀傷，如午後的蟬聲曳過低枝。馮青祇有半年詩齡，是我們詩壇最新的聲音，儘管她在技巧上還不夠圓熟，但那些簡單的句法，空靈的意象，以及特殊氣氛的經營，都足以顯示出她正在努力爲我們找回業已失去的詩語言的感性。馮青是一座猶待發掘的新礦，蘊藏甚豐，前途可期，我們欣喜能有此一發現。」……由於這幾年來馮青不斷地創作，證明洛夫的預言沒有落空。之後「現代詩導讀」（張漢良、蕭蕭主編），「當代中國新文學大系」（瘂弦主編），都曾把她的詩選入。

這位畢業於中國文化大學歷史系，現在已是三個孩子的母親的年輕女詩人，近年來由於家事繁瑣，寫得較少，可是她對詩的信心是不會動搖的。

她喜歡同文友們交往，她敬愛每一位有創作才具的文士，一度她的家裏是許多文友週末的好去處，她與羊令野、張拓蕪、洛夫、季紅、蕭蕭……等都有很純很深的友情。他們經常在一起談詩論文，且不時有辯得面紅耳赤的情況出現。她每有新作，總喜歡出示詩友們，讓大家提出意見，然後自已再作選擇性的刪修。

馮青的詩以情調、音響取勝，有人說她的詩「清新、晶澈、銳利、淒美」，也頗中肯。下面請看看她的「水薑花」吧！

然後
就在這樣窸索的水面
看到
月光湧動
兩岸的燈火也濕了
我眉睫的露水盈盈

開了又開的素花
靜靜的在秋色中疲倦
而每次
都是這樣靠着你的肩
訴說　水的寂寞
你將會在冰涼中
逐漸　感覺我

顯然，這是一首相當率眞的情詩，她在一個有月光的夜晚，借水薑花來抒發她的深深的情意。第一節作者故意製造月光的情景，也祇有這個時刻是最適宜惦記的……第二節把眼前的距離稍稍擴大，也許她思念的對象正在彼岸，所以才有「兩岸燈火」及「露水盈盈」之句，可能她待在水邊憶念的時間太久，因而那些素花，也靜靜地有些疲倦了。到了第三節，作者才點出主題，「而每次／都是這樣靠着你的肩／訴說水的寂寞／你將會在冰涼中／逐漸感覺我」。這份情愫恐怕是發生得很久很久了，最後兩句尤其誠摯動人，把對故友的情誼宣露無餘。

願「馮青」這個帶有音樂性的名字，能在現代詩壇上，激起更多更大的浪花。

·葉翠蘋，為創痛曝光

不久前，在一次文藝小聚上，我曾靜靜傾聽葉翠蘋親自朗誦她的一首題爲「一生」的詩，這首詩音色極美，透過作者抑揚有致的朗誦，益增它的光彩。顯然本就是一首佳構的「一生」，也因這一次聲音的出版，而更令人喜愛了。

曾經畢業於國立師範大學歷史系，現在臺中某中學擔任教席，據說今年秋天她將赴美國某大學深造。由於近幾年來她在詩創作方面所顯露的才情，令人不得不另眼相看。葉翠蘋的詩，眞摯、親切，而隱隱約約透現着一份說不出的悲涼，祇有當你進入她所創造的情境之後，你才能有所感悟。

茲引「接你回家」一詩，供大家欣賞——

我們流進紅毛城
流進枯寒的血管
暖出一波又一波鮮紅的花朵
在這多風的河口
推窗便是滔滔的歷史

閉門則是隱痛
荷蘭西班牙的牙齒咬住中國
咬出城樓
英國紳士修理尖翹的八字鬍
在船來的明鏡中
照見對岸觀音的愁容

我們流向紅毛城
冲潰僵薄的膚壁
嘉慶十八年的砲管對準我們
對準民國六十九年陌生的脚印
似曾相識的親人
我們來了
接你回家
回到空懸已久的座椅

回到我們蒼翠的樹上

淡水紅毛城，在外人手裏不知度過幾許滄桑歲月，如今終於回到了祖國的懷抱。詩人本着大我之愛、土地之愛，寫下了這首廿行的短詩，她寫出了中國近代史的創痛，寫出了我們這一代的淒楚與渴望。「今天，我們流進紅毛城，我們來了，接你回家」。這種悲喜交集的心情，實在是難以形諸筆墨的。大家何妨高聲地爲它同聲一哭吧！

是的，「我們的微笑不妨再蔚藍些／爲那永恆的朝露／任一已一逕燒到天邊」。「我們到莫內的畫中取一些光／看枯樹發芽」。……面對葉翠蘋這些美麗動人的詩句，我們祇有以心眼去傾聽，去吸吮，可不要癡癡呆呆地對着那不着邊際的遠方目不轉睛哪！

當我們對這七位年輕女詩人的作品，作一遍不算走馬看花的巡禮之後，使我們欣然發現，中國現代詩壇還有很多女性詩作者，如張綉綺、歐雪月、謝碧修、薛美雲、綠兒、梁翠梅、楊笛、徐玉珍、菽水、馬溫妮、丹萱、賴碧如……等等，相信她們的詩，穿過若干時日的錘鍊，將來可能有更高水準的美之建設。

詩是應該沒有結論的，詩的道路也是沒有終點的。誰有才能，誰有力氣，你儘管邁開大步向前奔馳，我們希望在未來的詩的草原上，中國現代女詩人的作品，有更廣闊、更纖細、更深厚、更綿密的展現。

——中華民國七十年六月九日深夜內湖

談詠景詩

最近檢視我過去的詩作，發現有不少是詠景的。回想寫這些詩的情況，大都是在一種極其平靜澄明的狀態下完成。

詠景詩並不易寫，並非一個作者把他所見到的景物一一舖陳在他的詩裡就算了事。假若他是一個高明而企圖心極強的作者，他必須努力使自己的靈視進入到他所表現的風景之中，他所看到的一花一木，一草一石，不僅是各各地站在大自然界栩栩如生，尤其要把它們很輕巧地移植到作者的心靈世界裡去，使它們變成作者身上的一部份，與作者的精神層面緊緊結合在一起。

其實，詠「景」也就是詠「情」，如何使自己對物的情感舒放得恰到好處，必得要靠作者本身約制的功夫。

我所寫的「溪頭拾碎」一詩，可爲佐證：

晨起推窗
一羣遊哉悠哉的鴿子
把青翠的銀杏踩成一排白色
淒冷的光從簌簌的竹叢中漏下來
恍似殘碎的露滴潑滿我的一臉
哦！黃鸝在靜靜的啼泣
安知百年後的某一個清晨
我們不在這裡
我們不在這裡
一層層的爭辯驀然飛上
祇剩半截空空如也的神木
兩千八百年的春秋來過
是懷有歷史的惆悵嗎
烽火，不也就是一簇簇的落葉
我們不在這裡

來與去，無與有
歲月還是無可奈何地把傷感微微的接住

民國六十七年六月，我第一次與詩友們來到這避暑盛地——溪頭，大家對那一排排密茂的修竹十分欣賞，我們在翠竹林中散步，恍如置身另一桃源世界，大家的興緻特別昂揚，每個人都在盤桓着，我該怎樣完成一首詩呢？

我的「溪頭拾碎」是從第二天淩晨，看到那一羣白鴿而興起的靈感，當時那個出奇的景象太令人感動了。假如讓我一直住在塵烟滾滾的都市，我怎能譜出溪頭的新聲。

記得那天清晨，我和老友碧果到竹林中漫步，我們剛剛推開走廊上的窗扉，卽看到幾十隻純白的鴿子在對面的屋脊上蹲着，牠們一聽到聲音，馬上三三兩兩展翅在屋頂與樹梢之間飛舞，當時我們看到這種景象，不禁不約而同地「哇」了一聲，……而後我們下樓，沿着小徑，呼吸着清爽的空氣，一步一步向那棵活了兩千八百多年的神木進發。

當我們經過竹廬時，那座全以竹材建造的小屋，仍在安安靜靜地熟睡着，我們跑到它的面前，用手摸摸關着的玻璃門，突然從屋頂上竄出幾十片竹葉，我們連忙用手去接，可是一片也沒有握住，……我們行行復行行，終於來到了一個空曠的山坡，一株修長的神木赫赫然在我們的眼前呈現。當我們愈向它走近，愈覺得有一股陰冷之氣迎面向我侵襲，當我走進它空空洞洞的肚子裡，我不禁悲從中來，神木，神木啊！你不過是後人給你按下的一個漂亮的名詞，如今戰國何在？晉魏何在？大唐大宋何在？在悠悠長長歲月的臉上，你祇不過是一具供人瞻仰的軀殼而已。

……

第二天，我們從溪頭回到臺北，我再回憶當時的景象，靈思如潺潺溪流，我很愴然地寫下了這首詩。

在創作的心境上，我不把這首「溪頭拾碎」當作純詠景詩來處理。在這首十七行的詩中，我祇抓住了幾樣東西，卽如第一節中的「鴿子」，「銀杏」和「黃鸝」，第二節中的「神木」和「落葉」，我把它們很柔順地安置在一起，希望製造一些淒涼的氣氛。特別是第一節中的最後兩句：「安知百年後的某一個清晨／我們不在這裡」。這當然是很強烈的調侃，不要說百年，三十年五十年我們的屍骨不知丢到那裡去了，想想看，人的一生是多麼的短暫。第二節我以神木爲主題，我飄忽地寫着：「半截空空如也的神木／兩千八百年的春秋來過／是懷有歷史的惆悵嗎／烽火，不也就是一簇簇的落葉」。然而比起人類，顯然神木是比我們活得長久多了，它從春秋到現在，至少它現在還有一個空空的軀殼，可見人類怎能同它相比呢？似乎這一段調侃的意味比前一節更甚。「烽火，不也就是一簇簇的落葉」。可能它有更多的意義，更多的解釋。我想作爲一個作者，儘可能不要斬鐵截釘的分析，讓讀詩的人去賦予它的某些新意吧！

由「溪頭拾碎」使我聯想到關於詠景詩的寫作，一個詩人必須努力嘗試多種角度的試探，如果你認定寫景詩祇是眼前一些風物外貌的描述，那是寫作者的瀆職，你必須使「景、情、境」三者相結合，下面我們不妨看看馬致遠的「秋思」：

枯籐老樹昏鴉，
小橋流水人家，
古道西風瘦馬，
夕陽西下，
斷腸人在天涯。

顯然前面幾句都是眼前景物的描述，它們都是可以觸及的，如果作者祇寫到「夕陽西下」而停筆，那麼這首「秋思」祇能說是詠景而已，可是當「斷腸人在天涯」之句，出現在讀者的眼簾時，大家的心頭立刻爲之一震，整首詩的效果完全出來了。說它是「畫龍點睛」也好，說它是「神來之筆」也好，如果作者不去造境，怎能給予讀者最親切最犀利的感受。

我無意高擡自己，也不敢拿拙作「溪頭拾碎」來和古人相較，假如拙作純祇是寫景，那也沒有什麼好爭議的。但我一直以爲卽使是詠景詩，也該含有適度的批判意識在內，或如我在這首詩的結尾所說的：「我們不在這裡／來與去／無與有／歲月還是無可奈何地把傷感微微的接住」。生命，來去，有無，本來就不是我們自己所能掌握的，你還想要把傷感微微的接住嗎？

和「溪頭拾碎」比起來，我的另外一首五行小詩「內湖之晨」，雖然也屬詠景之作，可是它卻展示了另外一些新的景象。

一片青翠蜿蜒在我的呼吸裡
今早的山路顯得特別短
伴着拾來的松枝
指點着眷舍盡處偶爾傳來的幾聲鷄啼
喔！天是真正的亮了

我在內湖居住了十數年，對這裡的山水草木產生十分濃郁的情愫，尤其我蟄居的那棟祇有十一坪大的老舊眷舍，更是情有獨鍾，老友們都勸我趕快搬家，可是我卻安適得很，物質生活的追求是永無止境的，我活在自己親手辛辛苦苦建立的小天地裡，這種樂趣也不是局外人所能體驗得到的。……

每天早晨，我陪着妻在湖邊漫步，呼吸內湖地帶最淨潔的空氣，有時我們捨棄湖濱而抄小路上山，拾些松枝回來引火，一路上指指點點，眞是不亦樂乎？

「內湖之晨」一詩，是我在某一天的清晨散步回來，拿起筆不到十分鐘一揮而就之作。它們幾乎是沒有什麼修改的。當然這是很多時日的經驗，「山路，松枝，眷舍，鷄啼」，這是我每天幾乎都接觸到的。我把這些熟悉的景物，透過必要的配合，完成這首差強人意的小詩，寫作的喜悅，的確充滿在自己的心裡，久久未曾平息。

這首小詩十分清淨明朗，似乎是沒有什麼好解釋的，但它絕不是一杯白開水，讓人喝了一點回味的餘地都沒有。我想一些有識的詩讀者，一定會看得出來，此詩不僅是作者當時心境之描繪，從四五兩句隱約中展現作者十分殷切的希望，究竟這些希望何所指，我想「喔！天是看正的亮了」，可以見證。它具有一語雙關的聯想。

我的小結是：「詠景詩」不宜祇重「景」的描繪，而尤其不能忽視「情」的吐露和「境」的造設，假使這景、情、境三者不能達至水乳交融的地帶，那也就不成其爲詠景詩了。

——中華民國七十年七月九日於臺北

我怎樣寫詩

我眞正涉獵新文學作品，是民國卅五年在南京上中學的時候，當時出版的「中學生」月刊，我是每期必讀的，尤其喜歡那些冰心體的小詩。

有一回，我就讀的「聖池中學」（在南京郊區燕子磯旁）舉行全校壁報比賽，我寫了一首「幕府山峯」的小詩，大意是對幕府山的讚美，登在高一班的壁報上，居然還獲得了不少同學的掌聲，也許就是那些遙遠的掌聲，而使我步上文學之路的吧！

民國卅八年春天，大陸河山變色，人心惶惶，應在臺灣基隆海軍某補給站服務的家兄之召，我隻身來臺，在建國中學內附設補習學校讀了半年書，然後投筆從戎……。我來臺後的第一首詩是「藍色之謎」，祇有短短的八行，原詩是這樣的——

紅的，紅得出奇
紫的，紫得發黑
妳說，它們都太土氣，俗不可耐的呀
於是妳選用天底藍色
讓戰艦陪星星散步
明月和燈塔交輝
其實呀！天和海，海和天
海天本是同源

這首詩約寫於民國卅九年三四月間，確實的寫作日期已經無從查考。回想寫這首詩時，我還是一個不到廿歲的翩翩美少年，如今卅載過去了，我的兩鬢雖未斑白，但已是五十開外的人了，所謂「物換星移，白雲蒼狗」，徒令歲月無情的消逝，是最令人痛心的。

我小的時候，是在安徽省無爲縣襄安鎮孫家灣一個靠水邊的農村裡長大的。外祖母、舅媽、母親和表姐妹們，她們都喜歡穿藍布衣衫，由於耳濡目染，我對藍色也十分喜愛。卅八年三月，我從南京隻身來臺，第一次看到太平洋藍藍的海水，心情極爲開朗。從此更使我對「藍色」有出奇的好感。

那一時期，我常讀徐志摩、俞平伯、拜倫、雪萊、濟慈……的詩，心裡彷彿也充滿詩意，記得是卅九年春天的某一天，我同幾位同鄉到基隆去看海，回來後，那時我住在臺北中華路一個鷄棚式的閣樓上，在火車不斷嘶喊的噪音中，欣欣然一口氣寫了這首詩，以後幾經修改，才變成這個樣子。這首詩曾投寄當時出刊的「經濟時報」副刊和「文藝創作」月刊，但未獲採用，我也就把它放在箱底，從此以後我寫了不少海洋詩，定名為「海洋之戀」，先後陸陸續續發表在民國四十一年出版的「半月文藝」上。這首詩始終沒有露面，一直到民國四十三年十月，我和洛夫、瘂弦在左營創辦「創世紀」詩刊，才從箱底把這首詩請出來，併同其他詩稿，發表在創刊號上。那時候寫詩，完全是憑藉心中一股說不出的熱情，所以想到什麼就寫什麼，抓到什麼就寫什麼，聽到鳥叫蛙鳴，我可以寫一首有關蛙、鳥的詩，看到波濤洶湧，我可以馬上把海繪出……是故這首「藍色之謎」，談不上什麼技巧，祇是把當時心中的感受略抒一二而已。

「藍色之謎」，雖然是我的處女作，但是我並沒有把它當作眞正的詩，民國五十三年出版的處女詩集「紫的邊陲」，並沒有把它收入，民國六十七年黎明文化公司出版的「張默自選集」，也沒有它的影子，由此可見，我是不太看重這篇處女作。

民國五十六年夏天，我從大太陽晒得屁股發疼的左營，調到漫天飛沙走石的澎湖，在那個小小的獨立王國「測天島」上，我度過了一千多個大風大浪的日子。詩寫得很少，而海鮮卻吃得很多，每逢假日，我的足跡踩遍風島的每個角落，我發狂地喜愛着這裡的一切。

白沙灣的海灘是那樣平坦柔輭，你躺在上面，猶如躺在一個胴體豐滿的少女的乳房上。夜晚的馬公港是靜謐的，那艘小小的輪渡，在月光下鼓浪前進，美得令人心醉。每當季風君臨，整個島被搖撼着，驚天動地般的搖撼着，彷彿那港灣裡的巨浪會迎面向你撲來。……

當你一個人靜靜地在大榕樹下沈思，看那些籐根相連的已歷千年風雪的植物，你不覺得自己渺小如滄海之一粟嗎？

記得在一個朔風呼號，大雨傾盆的夜晚，我在烏梅酒酡紅的醉意下，十分快速地寫下了一首詩：「我站立在風裡」——

我站立在風裡，頻頻與飛沙走石對飲
頻頻以修長的肢體亂舞
唱大風之歌，吐心中之鬱
是初度，我從沒有如此之歡愉
思緒是落在咆哮的浪尖上
滿眼的水域令我感知造化的茫然
我欲以全生命的逼力去親貼

去飛逸
去泅泳
舐舐暴燥的海特釀的鹹味
我心中綿密的森林與某些
潮濕的夜晚與某些
星星的爭吵
突然蛻化成無數條彎彎曲曲的游龍
我站立在風裡
滿身的血液如流矢
一羣一羣連續急驟地飛出
讓它噴洒在一片未被鬆軟的土地上
花跳躍
鳥彈奏
龍柏唱着發育之歌
我燃燒並且鼓舞

這個大風起兮的節令
自然的協奏曲
劈劈拍拍地繾綣於心靈的枝頭
噢，是什麼使它如此的
如此的深澈，如此的冷，以及
如此的遼敻與迷離
就是如此的遼敻與迷離
偏偏我是一株攀生千葉的巨樹
伸它粗壯的手臂
豐豐而向上
在風裡，在深深發黏的風裡
我的豪與亦如童稚的真摯

這首詩初發表於民國五十七年五月出版的「創世紀」詩刊第廿八期上，實際寫作日期是五十六年十二月五日的一個深夜。那天傍晚我和幾位同事在馬公鎮上吃海鮮，飲烏梅酒，確實有些微醉，回到測天島的單人寢室，正是風雨交加，本欲倒頭就睡，結果由於風聲雨聲，使我一時難以安枕，於是按亮枱燈，就在隱隱中構思這首詩的雛型了。其實我一到澎湖，就對那兒的陽光、風沙與榕樹，有了十分親切的好感，祇是未能把握適當的時機，寫下自己內心的告白。那夜，當我激動地寫下第一個字，我就預感，這首詩是會很快完成的。

有人說，詩是經驗的結晶，假如我不去澎湖，不在那兒親身生活了三年多，未嚐過飛沙走石的滋味，我是壓根兒也不會寫出，「我站立在風裡」那種親切動人的景象。與其說我寫風，不如說是借風寫我自己，寫我自己貼身的經驗，寫我自己最眞摯的感受，寫我自己對生命的掙扎，擁抱與企盼。

我是風，風是我，我與天地間的一切事事物物，永遠交融在一起。如果說一首詩也有所謂企圖的話。那就是「物我一體」，讓他們眞眞實實的談心與歌唱。

我在澎湖戀愛，結婚，在左營做父親，記得長女靈靈在海軍總醫院誕生時，我也無法形容當時又驚又喜的情狀，每天逗着、哄着、忙碌着……心裡踏實得很，不論是在馬路上或是在辦公室裡，滿腦子都是這小傢伙的影子。她的圓圓的臉蛋，嫩嫩的小手，烏溜溜的眼睛，最特別的是她的哭聲，簡直像柴可夫斯基的樂章，深深地襲擊着我，在精神上，我們父女倆的確是秤不離砣，砣不離秤啦！這時期我爲她寫了好幾首詩，「嬰兒車」是我自己比較喜歡的一首：

站在不遠的亮處

一輛小小的嬰兒車
以岩美第支那種斜斜的雕刻
刺滿我一臉的驚悸
向前，疏疏落落的竄去

你的身軀籠罩着一片光彩
有波浪的
有彈性的
有蔭影的
如此單調地仰臥着
　　糾結着
　　　鳴奏着

一輛小小的嬰兒車
站在不遠的亮處
悠悠悠悠地啃着
　大地的嘴唇

這首詩完成於民國六十一年的元月，那時小女靈靈已有六個多月大，正是好玩的時候，每天我一下班，咱們父女倆一個推車，一個搖搖晃晃地坐在裡面，在高雄兵工廠附近那個忠勇里的社區裡，幾乎每個最美麗的黃昏，都讓那架小小的載滿歡笑的嬰兒車踩個正着。

有時我把嬰兒車放在那個社區花園的中間，任她同附近三三兩兩的火鷄捉迷藏，而我則置身在一個假山後面，觀看她的一舉一動，當她發現她老子不在她身邊，她會馬上嘟噥着小嘴，露出焦急的眼神向四處尋找，等到逗得她快要哭的時候，我就一個箭步竄到她的身邊，這時她又舞着小手，高興得不得了。這首詩雖然以「嬰兒車」爲主題，實則是寫我們的父女之情，「悠悠悠悠地啃着／大地的嘴唇」。那可不完全指的是嬰兒車的位置，而是借嬰兒車把小女高舉，她將與天地萬物契合。這最後兩句是全詩的重點，寫到這裡，我也不禁噗哧一笑，畢竟人世間的親情是最率眞是最可貴的。

民國六十二年夏天，我從海軍退役下來，結束廿二載的軍旅生涯，那半年多的日子，我每天在內湖附近的山水之間徜徉，心情十分寧靜，這時期偶爾也信筆塗鴉，我對山野的鄉趣是頗能捕捉的。雖然我不能像陶潛那樣「採菊東籬下，悠然見南山」，但是在我心裡也有自己的東籬之菊，以及南山之夢，畢竟一個詩人的聯想世界是無止境的。「與夫曠野」就是在那樣極其澄明的觀照之中完成的。

寒冬臘月，朔風肅殺地從我富庶而又
乾枯的肢體邊緣流過
我把飄忽的迷瞳扔向遠方
測視夜晚看不見的雲層
雲層下黑越越的海
海以下茫茫的玄穆，與夫
輕展雙翼，昂然走向我的
一大片一大片沒有根的原野
我把狂喜交給正在漫飛的雪花
且聆聽，那冷冷的冬之步履聲
它們是怎樣貼近我的耳膜的
它們如何運轉飛旋以及衝刺
我是一步一步逼入
一寸一寸走向我內裡
曠野深深，攤開它的毛茸茸的巨掌

且任黑暗一片一片的攏來
然後剝落，剝落，剝落
我不該攬一攬逝去的鄉愁嗎

每個詩人的心裡都有一個曠野，那樣廣大與無邊際，我們可以展翅在那個晴空萬里的世界裡翺翔，你愛怎麼着就怎麼着。然而當你面對空白的稿紙，你如何把握你馳騁在曠野裡當時的感受，你能淋漓盡致地把它揮灑出來嗎？你的心情，你的筆觸，都能斂放自如，恰到好處。寫一首自己想寫的詩是多麼地難啊。在我構思「與夫曠野」時，確實遇到了不少的難題。我寫的曠野是現實中的曠野還是想像中的曠野，我應該怎樣去完成一次至眞至美的探險，在語言上，在節奏上，在意象上，我應該作如何的調配，……。

記得那是民國六十三年的九月，天氣雖不熱燥，但我蟄居的那棟十數坪大的老舊眷舍，似乎是並不好受的。那夜等妻女熟睡後，我靜靜地打開客廳裡的日光燈，攤開稿紙，就着手寫這首有關曠野的詩，思緒雖然很激烈，可是當它化爲文字時，總是覺得不對勁，如此寫寫撕撕，十幾張稿紙散落滿地，還是起不了頭，自己不禁踢足搥胸，依然不見效果。這樣折騰了一兩個小時，於是跑到厨房，把頭浸埋在臉盆裡好一會，我要使自己儘量清醒，我要把剛才全部的思緒驅逐，我要再重新開始去捕捉，我的心靈中的曠野；不在眼前，我要把自己往後推，如果現在是寒冬臘月，置身在大雪紛飛的故鄉該多好，就這樣一個勁地幻想着，沉思着，終於我的筆觸有了轉機一個小小的奇蹟發生了。我燦然地寫下了第一行，以後靈感如泉源，從「寒冬臘月」……到最後一句「攬一攬逝去的鄉愁」這首十八行的詩章，大概不到五十分鐘就完成了。當時我擲筆唏噓良久，覺得自己彷彿完成了一次歷史性的探險，唉！創作的喜悅，豈是外人所能分享的。至於完成後的作品是佳作還是贋品，我想這不是一個寫作的人自己所能界定的。對「與夫曠野」亦可作如是觀。

近年來我寫了不少小詩，小詩的世界也是很迷人的。有一回我携帶兩個女兒，到臺北圓山動物園去玩，一進門，赫然發現幾隻張着黑翅膀的大駝鳥，當時我獃住了，原來駝鳥就是這個樣子。早先我看到一位詩人寫了一篇「不是駝鳥」的小說，心裡很是激動，但一直不識牠的廬山眞面目，今日一見之下，牠與我想像中的形象似乎相去甚遠。因此我一看到牠就興起了寫詩的意念。尤其牠們給予我的直接印象十分怪異，當時我幾乎未經十分愼密的思索，就在隨身携帶的筆記簿上寫下了幾行：

遠遠的
靜悄悄的
閑置在地平線最陰暗的一角

一把張開的黑雨傘

回來後，我把它抄在稿紙上，題目就是「駝鳥」，想不到這首小詩發表後，居然引起了好幾位批評家的讚賞。張漢良在『論詩中夢的結構』（見「現代詩論衡」四十八頁）一文中曾經指認：「駝鳥跳入詩人眼簾，詩人開始認知的嘗試，最後決定駝鳥是張開的黑雨傘。但這首詩不祇是認知，詩人顯然因爲駝鳥存在的境況而產生不愉快的情緒……所以他把這情緒投射進去，加上了「遠遠的／靜悄悄的／閑置在……」與「最陰暗」的幾個情緒字眼（也可能包括「黑」，但「黑」字模糊，因係駝鳥本色），使駝鳥顯得寂寞，爲人冷落等。到此詩的意象才算經營完成，詩人情緒的張力也獲得舒解。」事實上，我在寫這首「駝鳥」時，根本沒有考慮到別人對它的評論。我直覺地認爲駝鳥的翅膀就像一把張開的黑雨傘，如此而已。事後我自己檢視這首詩，我以爲前三句是寫駝鳥的位置與處境，最後一句才點出主題，換句話說，如果此詩沒有最後一句「一把張開的黑雨傘」出現，那也就什麼情境都不存在了。

在另一首「楓葉」裡，我也陳示了某些昂大的企圖。

數理着一條條鮮紅的脈絡
我發現我們同是落脚在地球的某一圈

你的眸子一直朝向北方
朝向我鄉我家的老屋
烹飪着我的鮮紅的瞭望

「楓葉」是我最喜愛的植物之一，記得十六七歲在南京讀書的時候，每年秋天一定邀集同學多人，到棲霞山去採楓葉，那些血紅的葉片，把我的線裝書都填滿了。當時我們都以能收集到棲霞山最紅最大最美的楓葉爲榮。記得有一次我們還舉辦了一個小型的「棲霞的楓葉」展覽，……然而這些都是卅多年前的往事了，我們現在那裡還有楓葉可餐呢？

我寫這首詩的心情是十分熱熾的，想着那些久遠的楓葉，以及我曾踩過的每一寸祖國的土地，我能不壯懷激烈嗎？在這首五行的小詩裏，流溢着我的血我的淚，此刻，我們焦灼的眼眸，不是一直朝向北方，朝向我鄉我家的老屋，那鮮紅的日以繼夜的瞭望，會有一些什麼樣的結果呢？我深深納悶着。大我的鄉愁在我們這一代人的心靈深處開花、生根，誰又能阻擋得了。

今年母親節，我一早讓妻女她們外出，把自己關在書房裡閉目沉思，陷身大陸的母親現已八十高齡，正是風燭殘年，每每撫讀她老人家穿着舊棉襖的那一幀照片，眞是淚雨滂沱，不能自已。我讀着讀着，不禁把自己帶入往昔的家園，活蹦亂跳在她老人家的身邊，於是我靜靜地寫下了這首「遠方」——

漠然地
我站在一片
光禿禿的
山丘上
極目
向地平線的深處
眺望
穿過蜿蜒若帶的阡陌
穿過一排接一排的
瘦小的防風林
穿過
氤氤氳氳的烟籠
穿過
一片若有若無的
安靜的蔚藍

我極目；以及
不斷不斷地
伸展
與
呼吸

而那些
夢裡的山水
它們痴痴獃獃的樣子
依稀
伸手可觸
俯耳隱聞
一粒粒鄉情有多重的種籽
爲什麼
還不急驟地
在我們的心中　燦裂

我極目，極目，極目
淒淒地西望
祇見長安不見家

那誠然是「依稀伸手可觸，俯耳隱聞」的「遠方」，那誠然是我們每一位黃皮膚的中國人都曾踩過摟過啃過的「遠方」。我們怎能徒然割斷自己的臍帶，我們終必要回到那個廣大的土地上，在那裡成長，開花，結實，讓咱們的子子孫孫，沐浴着五千年光輝博大的傳統，在自由、平等、博愛的懷抱裡，千秋萬世，永垂不朽。

可是我們放眼今天的「遠方」，那個十億黃皮膚的中國人居住生長的「遠方」，你能不涕淚縱橫嗎？那是什麼樣的世界，作爲一個人的尊嚴在那裡，這樣子的中國能繼續下去嗎？我再三捫心自問，我感到極端的難受。……但是作爲一位詩人，徒有滿腔悲憤，又有什麼用呢？於是我熱切地爲「遠方」的親人，爲「遠方」的同胞祈禱。

「祇見長安不見家」。

我想，有一天，我們的臍帶一定會連結起來的。

以上作者分別列舉了七首詩，作爲「我怎樣寫詩」的內容和材料。最早的第一首詩「藍色之謎」成於民國卅九年，晚近的一首「遠方」，成於今年的母親節，這其間橫跨了卅一個年頭，從這些詩的內含，也可看出筆者創作態度與表現手法的演變。但萬變不離其宗，我的詩還是充滿着我自己的血、肉和情意。

末了，我願意把自己的創作歸納爲以下幾點，供大家參考。

●在作品內含上，我一貫的軌跡離不開呈現甚至詮釋「人與自然」的關係。我所持的絕對觀念是：讚揚多於批判，鼓舞多於對決。

●在表現技巧上，我喜歡運用轉位、對比、暗喩、象徵……等手法，使一首詩漸次臻於綿密。在語言上，力求「新、信、達」。在節奏上，力求輕快、舒放自如。在意象上，力求妥貼突出。在形式上，力求整體性的完美。

●在創作態度上，我所遵奉的信念是「眞摯」。絕不作僞，自己不熟悉的事，不寫。尤其討厭胡吹亂蓋，故作偉大感。給自己的作品定位是最幼稚的行徑。

●在對未來的認知上，中國現代詩已發展了卅多年，每位有自覺的現代詩人，無不竭盡心力，企圖寫出更好更完美的詩篇，來爲這個世界見證。因此我們絕不能以目前的成就自滿，我期望所有寫詩的朋友，應該加倍努力，恢宏氣度，從事多種角度多重方向的試探，使現代詩展現更嶄新的風貌。

總之，「我怎樣寫詩」，這是一個相當大的題目，我雖然概略性地談了自己的幾首詩，不過是說明當時創作的心情，並未作十分細緻的詮釋。我認爲對自己的作品，加以逐句解說是相當冒險的行爲，套用一句名家的話：「我的詩是由我的詩解釋的」。誰說不是呢？

——中華民國七十年七月五日於內湖

「無塵的鏡子」後記

「無塵的鏡子」是我第三本討論中國現代詩的小書[1]，一共收入廿二篇長短不等的論文，最早的一篇「八種風格，八種境界」，寫於民國五十六年的仲夏，最新的一篇「談詠景詩」，寫於今年七月上旬，而本集中十之八九的篇章，都是在近五年內完成的。

如以文類區分，本書可大別爲三個層次：即從「現代詩的回顧與前瞻」到「現代詩，眞的無藥可救嗎？」等七篇，爲現代詩一般問題討論，包括詩史回顧、詩的語言、意象、節奏及創作精神的探討；從「八種風格，八種境界」到「七顆敏銳的心靈」等十三篇，係對當代詩人（包括老中青三代）[2]個別詩集或某些作品之品評與詮釋，雖說不夠深入與專注，但也觸及了他們的某些癢處；至於最後兩篇，一爲「談詠景詩」，一爲「我怎樣寫詩」，俱係筆者個人創作心得之宣洩，它們很忠實地記錄下我當時創作這些詩的心情，可供初學者的參考。

筆者縱橫中國當代詩壇卅餘年，自信對現代詩的發展，能作一些廣泛而客觀的評鑑，但由於個人大部份時間投入詩的創作與繁瑣的日常事務，寫詩評祇是偶爾爲之，此次整理舊稿，發現已有十多萬言，勉可成書，否則將它們塵封箱底，眞不知何時可以翻身了。

讀詩品詩，筆者自有自已的方法與主張，每每讀到好詩，並不一定想要立卽着手撰文去評它，讀與寫應該是兩回事。通常我對詩人作品的品評，多半是隨興之所至，譬如六年前我就很喜歡向明的那首「烟囪」，但一直未曾形之於筆墨，直到今年五月中旬的某一個夜晚，打開「八十年代詩選」，重讀該詩，結果一氣呵成寫了一篇「安安靜靜的巍峨」，我當時對「烟囪」及其作者禮讚的心情，足可用上述七個字來形容的。

我以爲論詩，應以詩人的作品爲主要對象，如果論詩而不涉及詩人的作品，那是評論者的瀆職。「先有創作而後有評論」，評論是附麗於創作的。筆者不喜空泛的長篇大論，一篇討論詩的文章，如果撇開詩人的作品不談，顯然猶之一個人徒具龐大的身軀，而缺少某種堅實的骨骼一樣。

現代詩在臺灣發展成長已近三分之一的世紀，鑑於年輕一代不斷的崛起，使我們信心倍增，儘管其間也有不少的僞詩混雜，但大多數有識讀者的眼睛是雪亮的，何者爲糟糠，何者爲珠玉，他們自會明判。因此一個詩評人，他必須以其愛心、智慧去選擇好詩，加以評析介紹，擴大其影響，使喜愛詩的讀者，都能沐浴在一片融融洩洩的氛圍裡。

滄海叢刊已刊行書目（三）

書名	作者	類別
知識之劍	陳鼎環	文學
野草詞	韋瀚章	文學
現代散文欣賞	鄭明娳	文學
藍天白雲集	梁容若	文學
寫作是藝術	張秀亞	文學
孟武自選文集	薩孟武	文學
歷史圈外	朱桂	文學
小說創作論	羅盤	文學
往日旋律	幼柏	文學
現實的探索	陳銘磻編	文學
金排附	鍾延豪	文學
放鷹	吳錦發	文學
黃巢殺人八百萬	宋澤萊	文學
燈下燈	蕭蕭	文學
陽關千唱	陳煌	文學
種籽	向陽	文學
泥土的香味	彭瑞金	文學
無緣廟	陳艷秋	文學
鄉事	林清玄	文學
余忠雄的春天	鍾鐵民	文學
卡薩爾斯之琴	葉石濤	文學
青囊夜燈	許振江	文學
我永遠年輕	唐文標	文學
思想起	陌上塵	文學
心酸記	李喬	文學
離訣	林蒼鬱	文學
孤獨園	林蒼鬱	文學
托塔少年	林文欽編	文學
北美情逅	卜貴美	文學
女兵自傳	謝冰瑩	文學
抗戰日記	謝冰瑩	文學
孤寂的廻響	洛夫	文學
韓非子析論	謝雲飛	中國文學
陶淵明評論	李辰冬	中國文學
文學新論	李辰冬	中國文學
分析文學	陳啓佑	中國文學
離騷九歌九章淺釋	繆天華	中國文學

滄海叢刊已刊行書目（二）

書名	作者	類別
國家論	薩孟武譯	社會
紅樓夢與中國舊家庭	薩孟武	社會
社會學與中國研究	蔡文輝	社會
財經文存	王作榮	經濟
財經時論	楊道淮	經濟
中國管理哲學	曾仕强	管理
中國歷代政治得失	錢穆	政治
周禮的政治思想	周世輔 周文湘	政治
先秦政治思想史	梁啓超原著 賈馥茗標點	政治
憲法論集	林紀東	法律
憲法論叢	鄭彥棻	法律
師友風義	鄭彥棻	歷史
黃帝	錢穆	歷史
歷史與人物	吳相湘	歷史
歷史與文化論叢	錢穆	歷史
中國人的故事	夏雨人	歷史
精忠岳飛傳	李安	傳記
弘一大師傳	陳慧劍	傳記
中國歷史精神	錢穆	史學
國史新論	錢穆	史學
與西方史家論中國史學	杜維運	史學
中國文字學	潘重規	語言
中國聲韻學	潘重規 陳紹棠	語言
文學與音律	謝雲飛	語言
還鄉夢的幻滅	賴景瑚	文學
葫蘆・再見	鄭明娳	文學
大地之歌	大地詩社	文學
青春	葉蟬貞	文學
比較文學的墾拓在臺灣	古添洪 陳慧樺	文學
從比較神話到文學	古添洪 陳慧樺	文學
牧場的情思	張媛媛	文學
萍踪憶語	賴景瑚	文學
讀書與生活	琦君	文學
中西文學關係研究	王潤華	文學
文開隨筆	糜文開	文學

滄海叢刊已刊行書目(一)

書名	作者	類別
中國學術思想史論叢(一)(二)(三)(四)(五)(六)(七)(八)	錢穆	國學
兩漢經學今古文平議	錢穆	國學
先秦諸子論叢	唐端正	國學
湖上閒思錄	錢穆	哲學
中西兩百位哲學家	黎建球 鄔昆如	哲學
比較哲學與文化(一)	吳森	哲學
比較哲學與文化(二)	吳森	哲學
文化哲學講錄(一)	鄔昆如	哲學
哲學淺論	張康	哲學
哲學十大問題	鄔昆如	哲學
哲學智慧的尋求	何秀煌	哲學
老子的哲學	王邦雄	中國哲學
孔學漫談	余家菊	中國哲學
中庸誠的哲學	吳怡	中國哲學
哲學演講錄	吳怡	中國哲學
墨家的哲學方法	鐘友聯	中國哲學
韓非子哲學	王邦雄	中國哲學
墨家哲學	蔡仁厚	中國哲學
中國哲學的生命和方法	吳怡	中國哲學
希臘哲學趣談	鄔昆如	西洋哲學
中世哲學趣談	鄔昆如	西洋哲學
近代哲學趣談	鄔昆如	西洋哲學
現代哲學趣談	鄔昆如	西洋哲學
佛學研究	周中一	佛學
佛學論著	周中一	佛學
禪話	周中一	佛學
天人之際	李杏邨	佛學
公案禪語	吳怡	佛學
不疑不懼	王洪鈞	教育
文化與教育	錢穆	教育
教育叢談	上官業佑	教育
印度文化十八篇	糜文開	社會
清代科舉	劉兆璸	社會
世界局勢與中國文化	錢穆	社會